FRANKA POTENTE
ZEHN

FRANKA POTENTE

ZEHN
STORIES

PIPER MÜNCHEN ZÜRICH

Mehr über unsere Autoren und Bücher:
www.piper.de

ISBN 978-3-492-05423-2
2. Auflage 2010
© Piper Verlag GmbH, München 2010
Gesamtherstellung: Kösel, Krugzell
Printed in Germany

ZEHN

GÖTTERWINDE

Vorsichtig setzte sie den feinen Pinsel an.
Sie war im Geiste die Linien durchgegangen und hatte das Bild vor ihrem inneren Auge geformt.

Die zarte geschwungene Linie zog sich elegant über das Reispapier, das sofort die Tusche aufsog. Die schwarze Kontur des Fujiyama erhob sich aus dem Nebel und thronte über Tokios Skyline. Sehr oft schon hatte sie dieses Motiv gemalt. Heute allerdings war es besonders gelungen.

Das Bild war fertig. Gerade als sie das Papier zum Trocknen aufhängen wollte, klingelte die Ladenglocke.

Ihr Arbeitsplatz war nur durch einen Vorhang vom Verkaufsraum getrennt. Es gab einen großen Tisch, voll mit Tuschfässchen und Mineralfarben in kleinen Glasbehältern und kostbaren Pinseln, die sie sorgfältig in einem verzierten Holzkästchen aufbewahrte. Eine kleine Lampe spendete Licht, Fenster gab es nicht.

Der Laden selbst war klein. Er war ihr sehr vertraut.

Sie war praktisch hier aufgewachsen. Seit vierzig Jahren hatte sich kaum etwas geändert. Es gab einen Tresen aus Teakholz mit einer Glasvitrine. In einer großen Schublade darunter befanden sich die einfachen, schlichten Fächer, die sie zusammengefaltet in Stapeln aufbewahrte.

Im Schaufenster stellte sie die schönsten Originale aus der Edo-Zeit aus. Sie wechselte die Auslage wöchentlich. Die Fächer mussten dann sorgfältig gereinigt und entstaubt werden.

An der Wand hinter dem Tresen hingen gerahmte Kalligrafien ihres Vaters. Die Mutter hatte sie nach seinem Tod dort aufgehängt. Ein kleines gerahmtes Bild der Eltern stand seit dem Tod der Mutter in einer der Vitrinen, neben dem Päonienblütenfächer aus der Meiji-Zeit. Dieser Fächer war nur ein Ausstellungsstück, es war der Lieblingsfächer der Mutter gewesen. Das Foto der Eltern hatte sie selbst gemacht. Vater und Mutter stehen darauf lächelnd hinter dem Tresen. Ihre Schultern berühren sich leicht. Beide haben die Hände gefaltet. Sie trägt einen dunkelgrünen Kimono. Sie hatte immer einen Kimono im Laden getragen. Einen Baumwoll-Komon, mit kleinem Muster. Frau Michi selbst tat dies nur zu besonderen Feiertagen.

Dann gab es noch zwei Vitrinenschränke, in denen sowohl bunte Blattfächer als auch verschiedene Faltfächer ausgestellt waren.

Frau Michi schlüpfte in ihre Pantoffeln, die unter dem Tisch warteten, zog den Vorhang zur Seite und trat hinter den Tresen.

»Konnichi wa!« Ein Europäer um die Fünfzig verbeugte sich höflich. Ein »Gaijin«, ein »Außenmensch«.

»Das ist ein schöner Laden«, sagte er mit angenehm ruhiger Stimme. Oft waren die Ausländer sehr laut. Das fiel besonders in dem kleinen, stillen Laden auf. Das war einer der Gründe, warum Frau Michi sich oft schwertat mit den Gaijin. Sie waren zu laut, zu direkt. Ständig lag Konfrontation in der Luft. Dabei verkaufte sie nur Fächer.

Frau Michi verbeugte sich dankend. Der Mann hatte mittelbraunes, schütteres Haar. Er trug ein Jackett aus Tweed, darunter ein schlichtes dunkelblaues Hemd. Er hatte eine Art Aktentasche dabei, und an seiner Jacke fiel ihr nun ein Plastikschild auf: »Agricultural Congress, All Access, Schreiber«.

Der Mann schien kein typischer Tourist zu sein. Sein Blick war zu unaufgeregt, die Kleidung zu formell. Er sah sich aufmerksam im Laden um, trat an die Vitrinen heran und sah sich die darin ausgestellten Fächer aufmerksam an. Groß war die Auswahl nicht mehr.

Als ihr Vater noch selbst Fächer hergestellt hatte, war der Laden fast zu klein gewesen für das Sortiment. Damals hatten sowohl ihre Mutter als auch sie selbst mitgeholfen. Damals hatten sie zu zweit hinter dem Vorhang gesessen.

»Ein Fächermacher kann nicht alleine arbeiten, Fächer zu machen ist die Kunst guter Zusammenarbeit«, hatte ihr Vater immer gesagt. Oft stellte er noch zwei weitere Gehilfen an, um das Papier zu laminieren und zuzuschneiden. Damals mieteten sie im Kimonoladen nebenan noch einen der hinteren Räume an. Zu Mittag tischte die Mutter für fünf Personen auf. Sie räumten die Tusche und Pinsel beiseite und saßen still hinter dem Vorhang.

Herr Schreiber wandte sich ihr jetzt zu: »Entschuldigung, ich suche ein Geschenk für meine Tochter.«

Frau Michi lächelte: »Was für eine Art Fächer suchen Sie denn?«

Der Mann sah verloren aus.

»Ich kenne mich mit Fächern leider gar nicht aus.« Er klang beschämt.

Frau Michi verbeugte sich entschuldigend: »Das macht nichts. Die meisten Kunden kennen sich nicht mit Fächern aus. Ich zeige Ihnen gerne welche, wenn Sie möchten.«

Sie trat an die Vitrine und nahm einen steifen, runden Blattfächer heraus. »Wir führen sowohl Uchiwa als auch Ôgi.« Sie zeigte auf den Blattfächer: »Dies ist ein Uchiwa, und das …«, sie nahm einen hübsch bemalten Faltfächer heraus, der einen Kirschblütenzweig zeigte, »das ist ein Faltfächer, ein Ôgi oder Sensu.«

Herr Schreiber schien fasziniert: »Ôgi oder … Sensu … hmm …«

Er nahm den Fächer in die Hand, drehte ihn und sah sich die zarten Einlegearbeiten am Griff genau an. »Wie hübsch! Ist das alles Handarbeit?«

Frau Michi lächelte: »Ja. Wir führen nur handgearbeitete Ware. Es gibt natürlich auch fabrikgefertigte Fächer.« Sie sprach von ihrer größten Konkurrenz.

Die meisten Touristen kauften die billigere Massenware. Als ihr Vater krank wurde und sie die Fächermacherei einstellten, war es seine größte Sorge, dass das Handwerk aussterben würde.

Doch obwohl die Kundschaft kleiner geworden war, führte sie auch seit seinem Tod nur Handarbei-

10

ten. Sie bestellte die Modelle bei Fächermachern in Tokio und Kyoto.

Zweimal im Jahr nahm sie den Shinkansen nach Kyoto und besuchte die Familie Akira. Herr Akira war einer der bekanntesten Fächermacher Kyotos und führte das Geschäft zusammen mit seiner Frau und den drei Söhnen. Die Stammkundschaft bestand aus Schauspielern und Tänzern, vor allem vom Nô-Theater oder Kabuki. Außerdem wurden die Uchiwas noch von Schiedsrichtern beim Sumoringen verwendet, und die Älteren legten Wert auf Handarbeit.

Sie selbst fertigte Fächer nur noch als Hobby. Oft bemalte sie das Reispapier, ohne es auf einen Fächerrahmen aufzuziehen oder zu pressen. Sie liebte den Geruch des Laminats und des Leims, es erinnerte sie an ihre Kindheit. Wie sie zusammen mit ihrer Mutter das jungfräuliche Reispapier mit kostbaren Tuschepinseln bemalt oder beschrieben hatte.

Die Mutter hatte ihr immer gesagt: »Fächer bemalen ist Zen, es ist Meditation. Überstürze nichts. Überlege dir genau, was dein Fächer sagen soll. Stelle dir dein Bild vor, und erst wenn du es genau vor Augen hast, dann zeichnest du. Dann brauchst du nur einen Pinselstrich. Das Reispapier verzeiht nicht. Du kannst nichts korrigieren.«

Wenn ein Kunde kam und einen von ihr bemalten Fächer in Augenschein nahm, hatte sie vor Aufregung oft den Atem anhalten müssen. Stolz war sie gewesen, wenn einige Tage später der fertige Fächer in der hübschen Vitrine stand, und manchmal traurig, wenn ein Tourist kam und den Fächer kaufte und mitnahm in ein fernes Land, das sie sich damals nicht hatte vorstellen können.

Die Mutter hatte ihr alles über Tuschtechniken, Mineralfarben, Motive und die Geschichte des Fächers beigebracht.

Herr Schreiber wies auf einen Faltfächer aus der Meiji-Zeit. »Was ist dies hier?«

Es war selten, dass ein europäischer Kunde so viel Interesse zeigte. Es fiel ihr schwer, dem Gaijin gegenüber indifferent zu bleiben, so wie es sich gehörte. Sonst sprach sie mit Fremden nur das Nötigste, wenn sie sich im Laden aufhielten. Auf der Straße tat man im Allgemeinen so, als bemerke man die »Außenmenschen« nicht.

Andererseits hatte sie Ausländer schon als Kind spannend gefunden. Da sie fast ihre ganze Zeit im Laden verbrachte, sah sie regelmäßig Gaijin aus aller Herren Länder. Deren fremde Art, sich zu kleiden, zu sprechen, die großen Gesten oder deren seltsame Mimik hatten bereits im Kindesalter ihre Neugier geweckt. Normalerweise verhielt sie sich still und sprach nur, wenn man sie etwas fragte. Ihr Englisch war relativ gut, dennoch bevorzugte sie es, den zu zahlenden Betrag in den Taschenrechner zu tippen und dann dem Kunden das Display zu zeigen, statt mit ihnen zu sprechen. Dann beschwerte sich auch niemand über den Preis.

Der Herr, der dem Schild nach »Schreiber« hieß, schien allerdings sehr höflich zu sein.

Vorsichtig nahm sie den Fächer aus dem Regal. »Dieser Sensu zeigt einen Daikoku. Das ist der Gott des Reichtums und des Glücks.«

Der Fächer war aus dem 19. Jahrhundert und sehr gut erhalten. Sie führte neben neuen Fächern auch Originale aus der Edo- und Meiji-Epoche, die rar und schwer zu finden waren. Der Daikoku-Fächer war besonders schön. Sein Reispapier war zartrosa eingefärbt, und die Tuschezeichnung zeigte den Daikoku mit einem Sack auf dem Rücken, wie er drei Juwelen nacheilt.

»Was bedeutet der Sack?«, wollte Herr Schreiber jetzt wissen.

»Der Sage nach hat der Daikoku immer seinen Sack mit Schätzen dabei, außerdem trägt er einen Hammer mit sich.« Sie wies auf die Zeichnung, in der bei genauem Hinsehen ein Hammer in der Hand des Daikoku zu sehen war.

»Mit dem Hammer kann der Daikoku alles, was er damit berührt, verwandeln.« Herr Schreiber hörte aufmerksam zu. »Früher hatte der Daikoku die Aufgabe, die Tempelküche mit den Lebensmitteln zu bewachen.«

Herr Schreiber zog die Brauen hoch. »Aah, so etwas Ähnliches wie ein Bodyguard?« Er lachte. »Interessant. Was kostet der?«

Er hatte sich einen der teuersten Fächer ausgesucht. Sie sah nach. 27 500 Yen. Das waren etwa 220 Euro. Sie tippte den Betrag in den Taschenrechner und zeigte ihm das Display. Sie sah ihn nicht an.

»Dieser Fächer ist ein Original, er ist über hundert Jahre alt«, sagte sie leise. Wenn der Mann den Fächer kaufen würde, müsste sie sich weniger Sorgen machen diesen Monat. Meist wurden die günstigeren Fächer gekauft, und dann vor allem zu Neujahr. Jetzt, im September, ging das Geschäft schleppend. Erst letzte Woche hatte sie überlegt, den Laden ganz zu schließen, er brachte kaum noch Gewinn. Es hatte die ganze Woche geregnet, und Frau Kim aus dem Kimonoladen hatte auch über fehlende Kundschaft geklagt. »Warum schließen Sie den Laden nicht?«, hatte sie gefragt. »Wenn Sie sich die Ladenmiete sparen, sind Sie fein raus. Da reicht es bald für Satellitenfernsehen.«

Schon am nächsten Tag hatte sie sich geärgert über sich selbst. Der Laden war alles, was sie hatte, die Eltern hatten hart dafür gearbeitet. Und fernsehen tat sie wenig. Nur nebenbei, nach der Arbeit. Sie war in den Tempel gegangen und hatte für mehr Kundschaft gebetet. Danach fühlte sie sich besser und mied Frau Kim seither.

Herr Schreiber sah auf die Uhr. »Hmm, verzeihen Sie bitte. Ich muss zurück zum Kongress. Ich werde wiederkommen. Ich möchte mir noch Ihre anderen Fächer ansehen.«

Mit einer kleinen Verbeugung verließ er den Laden.

Das passierte oft. Die Kunden ließen sich von ihr beraten und kauften dann die billigen Fächer zwei Straßen weiter. Vorsichtig stellte sie den Uchiwa und den Daikoku-Sensu zurück in die Vitrine. Sie räumte die Tusche weg, säuberte die Pinsel, und nachdem sie das bemalte Reispapier zum Trocknen aufgehängt hatte, beschloss sie, den Laden heute früher zu schließen.

Draußen war es grau und windig. In der Nachbarschaft redete man davon, dass der Taifun kommen würde. Die Alten sprachen vom »Kamikaze«, dem »Götterwind«. Sie war froh, dass sie einen Schal mitgenommen hatte.

Allerdings hatte sie es nicht weit. Unterwegs kaufte sie ein paar Gyôza für das Abendessen. Sie war allein, da brauchte sie nicht viel. Gerne hätte sie für einen

Mann gekocht, aber irgendwie hatte sie den Absprung nie geschafft. Als sie zwischen Zwanzig und Dreißig war, hatte sie sich um den Laden und ihre nacheinander erkrankten Eltern gekümmert. Jetzt war sie sechsundvierzig und anscheinend zu alt. Alle Männer ihres Alters waren verheiratet. Außerdem betrachtete man eine alleinstehende Frau ihres Alters argwöhnisch. Manchmal, so schien ihr, auch mitleidig.

Als sie nach Hause kam, heizte sie den Kotatsu ein. Dann schaute sie fern. In den Lokalnachrichten wurde von einer hochschwangeren Frau berichtet, die von sieben Krankenhäusern abgewiesen wurde, weil sie keine Krankenversicherung hatte. Mehr oder weniger auf den Treppenstufen des achten Hospitals brachte sie dann ihr Kind zur Welt. Die Frau verstarb, sie hatte einen Gehirntumor.

Frau Michi fragte sich, ob sie und die einsame Frau etwas gemeinsam hatten. Allerdings besaß sie selbst eine Krankenversicherung. Der Bericht war kurz. Als Nächstes wurde von den Einbußen beim Thunfischfang berichtet, worauf eine Reportage über wachsende Landwirtschaft östlich von Tokio gesendet wurde.

Plötzlich sah sie den Mann, der heute bei ihr im Geschäft gewesen war.

Der Europäer mit dem dunkelblauen Hemd saß neben anderen europäischen Herren mit Namensschildern an einem großen Tisch und diskutierte. Es war ein Bericht über einen Landwirtschaftskongress, der zurzeit in Tokio stattfand.

»Was für ein Zufall«, dachte Frau Michi. Fast hatte sie den einzigen Kunden dieses Tages schon wieder vergessen.

Der Wetterbericht schloss mit einer Sturmwarnung.

In der Nacht regnete es heftig. Wolkenbruchartiger Regen prasselte herunter, und Frau Michi stand mitten in der Nacht auf, um das Fenster zu schließen. War das der Kamikaze? Sie brauchte lange, um wieder einzuschlafen. Irgendwo schlug ein Fensterladen gegen die Häuserwand.

Am nächsten Morgen regnete es immer noch, aber der Wind hatte etwas nachgelassen. Sie zog ihre Gummistiefel an, als sie zum Geschäft ging, und setzte ein Kopftuch auf. Menschen mit Regenschirmen eilten die Straße entlang, Kinder spielten in Pfützen, und nasse Hunde suchten einen Unterstand.

Es war kalt im Laden. Und es tropfte von der Decke. Eilig holte sie einen Eimer aus der kleinen Abstellkammer. Es tropfte auf eine der beiden Vitrinen. Zum Glück war keiner der Fächer nass geworden. Sie borgte sich im Kimonoladen eine kleine Leiter. Frau Kim schaute vorwurfsvoll: »Ich habe Sie lange nicht gesehen. Wie gehen die Geschäfte?«

Sie unterhielten sich kurz über das Wetter, dann eilte Frau Michi mit der Leiter zurück in ihren Laden. Es stürmte und regnete jetzt wieder so heftig, dass sie schon nach wenigen Metern durchnässt war.

Vorsichtig schob sie einige Kartons beiseite und stellte die Leiter auf. Nun konnte sie die Pfütze aufwischen, die sich oben auf dem Vitrinenschrank gebildet hatte. Der Schrank war mindestens fünfzig Jahre alt, und das Holz war über Nacht aufgeweicht.

Die Glocke läutete, und ein Kunde mit Regenschirm trat ein.

»Konnichi wa!« Es war der Herr aus dem Fernsehen. Herr Schreiber. Sein Schirm hatte sich nach außen gestülpt.

Er verbeugte sich höflich. »Was für ein Wetter! Ich bin um ein Haar weggepustet worden.«

Fast wäre Frau Michi von der Leiter gefallen, als sie eine Verbeugung versuchte.

Er eilte zu ihr und reichte ihr seinen Arm: »Darf ich Ihnen helfen?«

Frau Michi erschrak, seine Geste kam überraschend. Sie hielt sich an der Leiter fest und stieg vorsichtig herunter. »Danke, es geht schon.«

Der Gaijin trug heute eine Windjacke über seinem Jackett. Seine Wangen waren gerötet. Frau Michi bemühte sich, ihn nicht zu offensichtlich anzusehen. Herr Schreiber stellte seinen Schirm ab und strich sich über das Haar. »Ich wollte mir noch in Ruhe Ihre Fächer ansehen. Gestern war leider nicht genug Zeit.« Gerade als Frau Michi ihn ermuntern wollte, sich umzusehen, gab es einen lauten Schlag.

Der Wind war stärker geworden, und ein aus der Verankerung gerissener Mülleimer war gegen das Schaufenster geschleudert worden. Frau Michi entfuhr ein kleiner Schrei. Auch Herr Schreiber erschrak. Die Fensterscheibe hatte einen kleinen Sprung.

Herr Schreiber hastete zur Tür, die sich kaum öffnen ließ, so stark drückte der Sturm dagegen. Der Metallmülleimer schlug gegen den Türrahmen.

Herr Schreiber musste die Tür ganz öffnen und einige Schritte auf die Straße hinaus tun, um ihn zu fassen zu kriegen. Frau Michi stand erstarrt im Laden und sah zu.

Der Wind heulte auf, als er die Tür hastig schloss. Den geretteten Mülleimer legte er in eine Ecke. »Puuh, das war knapp. Ich nehme an, das ist nun der ›Kamikaze‹, vor dem mich meine japanischen Kollegen gewarnt haben?«

Frau Michi brachte ihm ein kleines Handtuch. Sein Gesicht war nass vom Regen. Sie überlegte. »Ich muss die Rollläden herunterlassen, sonst gehen noch die Fenster kaputt!«

Herr Schreiber half ihr.

Der Sturm fegte durch die kleine Straße, man hörte laute Rufe, Türenschlagen und das Prasseln des Regens. Im Laden war es recht still. Und dunkel. Frau Michi zündete die kleine Öllampe an, es war eine Frage der Zeit, wann der Strom ausfallen würde. Herr Schreiber zog seine nasse Windjacke aus: »Macht es Ihnen etwas aus, wenn ich meine Jacke zum Trocknen aufhänge?«

Frau Michi nahm ihm die Jacke ab und hängte sie über einen Stuhl. Kurz war sie unschlüssig. »Möchten Sie einen Tee?«

Er nickte. »Gerne. Es scheint, als hätten wir ein bisschen Zeit, die Fächer anzusehen.«

Sie setzte Teewasser auf. Als sie sich ihm wieder zuwandte, hielt er den Spatzenfächer aus der Meiji-Zeit in den Händen, der drei Spatzen auf einem Bambuszweig zeigte.

Das Reispapier war cremefarben eingefärbt, die Tusche schon etwas verblasst. Der Kontrast des zarten Rosa mit dem Dunkelgrün des Bambuszweiges war wunderschön. Er gab ihr vorsichtig den Fächer zurück, und sie hielt ihn gegen das Licht der Lampe.

»Das ist mein Lieblingsfächer. Eigentlich war er immer nur ein Ausstellungsstück. Meine Mutter sagte immer: ›Die drei Spatzen, das sind wir. Und der dicke Spatz ganz rechts, das ist der Vater.‹« Sie musste lachen. Schnell drehte sie sich weg, um den Tee aufzugießen.

Er lachte mit. »Gab es Fächer schon ... immer?«

Sie brachte Tee. »Ich glaube, seit dem 6. Jahrhundert. Aber zunächst kamen die Fächer aus China. Die waren noch nicht aus Papier, sondern häufig aus Fasanenfedern. Später gab es dann Hiôgi, Zypressenholzfächer für Hofdamen. Und Faltfächer wie diese dort gibt es seit dem 9. Jahrhundert.«

Herr Schreiber hörte aufmerksam zu. »Aber Fächer werden doch hauptsächlich im Sommer benutzt oder für Feste und Tänze, nicht wahr?«

»Ja, aber eigentlich symbolisiert ein Fächer Zurückhaltung.«

Sie hörte sich selbst reden und dachte, dass sie in den ganzen letzten Wochen nicht so viel gesprochen hatte wie heute. Und ihr eigener, unsichtbarer Fächer war heute noch unsichtbarer als sonst.

Herr Schreiber wartete auf weitere Ausführungen, also sprach sie weiter: »Nun, die Damen verbergen hinter dem Fächer ihr Gesicht, ihre Gefühle, zum Beispiel im Gespräch mit einem Herrn. Solche Situationen kommen heute natürlich nicht mehr so oft vor. Aber trotzdem trägt jede Frau in Japan ihren unsichtbaren Fächer.«

Herr Schreiber sah sie ruhig an. Dann nickte er leicht und nahm einen Schluck Tee.

Es war plötzlich sehr still. Frau Michi überlegte, ob sie zu viel gesagt hatte. »Und diesen schönen Fächer hier«, er zeigte auf den Spatzenfächer, »den verkaufen Sie auch, oder ist das nur ein Ausstellungsstück?«

Sie zögerte. Eigentlich hatte sie den Spatzenfächer nicht verkaufen wollen. Es hingen so viele Erinnerun-

gen daran. Andererseits brauchte sie das Geld für den
Laden.

»Der Fächer steht zum Verkauf.« Sie zögerte. »Er
ist allerdings recht teuer.«

Der Gaijin wandte sich jetzt dem dunkelroten
Päonienblüten-Sensu zu. Dieser Blattfächer zeigte
eine zartrosa Päonienblüte auf dunkelrotem Grund.
Die Ränder waren mit goldener Mineralfarbe verziert.
»Der könnte meiner Tochter gefallen!«, sagte er be-
geistert. »Sie wird Zweiundzwanzig. Sie studiert Bio-
logie, da dachte ich, die Blüte …«

Frau Michi nickte aufmunternd: »Sie sind sicher
sehr stolz auf sie.«

Herr Schreiber fuhr sich durchs Haar und sah traurig aus. »Wissen Sie, seit dem Tod meiner Frau vor
sechs Jahren haben wir uns zu zweit durchs Leben gekämpft. Jetzt ist Jessi seit einem Jahr auf der Universi-
tät in München, das ist in Süddeutschland. Kennen
Sie München?« Frau Michi war sich nicht sicher. Von
Deutschland hatte sie natürlich gehört. Es kamen
viele deutsche Touristen in den Laden. Sie lächelte.

»Sie … sie ist ein tolles Mädchen.« Er starrte den
Fächer an. »Und … ja. Ja, ich bin sehr stolz auf sie.«
Er lächelte. »Haben Sie Kinder?«

Frau Michi schüttelte den Kopf. Einmal, vor vielen
Jahren, da hätte sie ein Kind haben können. Aber sie
war zu jung. Es hätte dem Vater das Herz gebrochen.
Jetzt bemerkte sie, wie selten sie in den letzten Jahren
daran gedacht hatte.

Herr Schreiber räusperte sich leise. »Verzeihen Sie,
das war sehr neugierig von mir.« Er nahm ein zer-
knicktes Foto aus seiner Brieftasche und reichte es ihr.
Die junge Frau darauf hatte eine Sonnenbrille im Haar

und lachte. Im Hintergrund war ein großes Schild mit Micky Maus zu sehen. Sie hatte dasselbe Grübchen am Kinn wie ihr Vater. Er lächelte stolz. »Das Foto ist schon einige Jahre alt. Wir waren im Urlaub in Florida, in Orlando. Wir hatten uns den heißesten Tag ausgesucht, um nach Disneyworld zu fahren.« Er lachte. »Wir haben uns mit Eiswürfeln gefüllte Tücher um den Hals gebunden…« Er schien kurz in seinen Erinnerungen versunken.

Draußen heulte noch immer der Sturm.

Frau Michi goss Tee nach. Gerne würde sie sich dem Fremden anvertrauen.

Er schien ähnlich einsam wie sie zu sein. »Ich…ich habe nie geheiratet«, begann sie leise. »Ich habe mich um meine Eltern gekümmert und dann allein den Laden geführt. So ist die Zeit vergangen. Nun bin ich wohl zu alt.«

Herr Schreiber nickte. »Ja, ich kenne das Gefühl. Plötzlich entdeckt man graue Haare und fragt sich, wo all die Jahre geblieben sind. Kennen Sie Ernest Hemingway?«

Nein, sie kannte ihn nicht.

»Er war ein berühmter amerikanischer Schriftsteller und hat einmal gesagt: Die Jugend ist uns gegeben, um Dummheiten zu machen, und das Alter ist uns gegeben, diese Dummheiten zu bereuen.« Er lachte. »Ich weiß gar nicht, was ich bereue. Ernest Hemingway hatte wahrscheinlich eine wildere Jugend als ich.«

Frau Michi verstand nicht, wovon der Mann sprach, aber es klang nett.

Sie setzte neues Teewasser auf und öffnete eine Packung Reisgebäck.

Sie zeigte auf den Päonienblütenfächer, den Herr Schreiber immer noch in den Händen hielt. »Dieser Fächer war der Lieblingsfächer meiner Mutter. Sie selbst war sehr geschickt mit Pinsel und Tusche. Mein Vater hat ihre Fächer immer gut verkauft. Er hat sie aber nie gelobt für ihre Fertigkeit. Er zeigte immer auf diesen Fächer und sagte: Das ist wahre Kunst. Mache einen solchen Fächer, und wir werden reich.«

Herr Schreiber sah sich den Fächer noch einmal genau an. Die Farbwahl war bestechend. Das blasse Rosa auf burgunderrotem Untergrund hatte eine Intensität, die magisch war. Die Verbindung von der Zartheit der Blüte mit ihrem kräftigen Rot und dem goldenen Rand war wirklich etwas Besonderes. Und trotz seiner Schlichtheit hatte der Fächer eine opulente Note. »Sie haben recht. Der Fächer ist tatsächlich etwas ganz Besonderes. Man sieht es sofort. Ich bin mir sicher, dass Ihre Mutter sehr begabt war.«

Frau Michi sprach leise und sah dabei auf die Innenflächen ihrer Hände: »Nun, kurz bevor mein Vater starb, kopierte meine Mutter den Päonienblütenfächer. Wir brauchten Geld, um die Arztrechnungen zu bezahlen, so verkaufte sie das Original. Sie halten ihre Kopie in den Händen. Das Original hatte blassblaue Blütenblätter. Meine Mutter gab dem Fächer mit den blassrosa Blüten eine eigene Note. Ich fand immer, dass dieser Fächer weitaus schöner war als das Original.«

Sie nahm einen Schluck Tee.

»Eine Woche später starb mein Vater. Er hat nie erfahren, was für ein Kunststück meine Mutter geschaffen hat. Ich bereue bis heute, dass ich es ihm nicht gesagt habe.«

Vorsichtig fragte Herr Schreiber nach: »Warum hat Ihre Mutter ihm den Fächer nie gezeigt? Er wäre sicher stolz auf sie gewesen!«

Frau Michi schüttelte den Kopf: »Es ist nicht an dem Künstler, auf seine Kunst hinzuweisen. Das wäre Hochmut.«

Still tranken sie ihren Tee. Herr Schreiber sah auf die Uhr. Der Sturm hatte nachgelassen. Er musste gehen. Er würde gerne den Daikoku-Fächer und die drei Spatzen kaufen, sagte er.

Frau Michi rechnete. Es kamen fast 50 000 Yen zusammen, die Herr Schreiber mit einem Lächeln zahlte. »Ihre Fächer sind bei mir in guten Händen. Vielen Dank für den schönen Nachmittag und den Tee.« Er verbeugte sich tief. »Es war mir eine Freude.« Er drückte zum Abschied leicht ihren Arm.

Frau Michi sah ihm nach, wie er eilig die nasse Straße herunterlief.

Die 50 000 Yen würden ihr über die nächsten zwei Monate helfen. Sie war frohen Mutes.

Nachdem sie die Teekanne ausgespült hatte, brachte sie Frau Kim die Leiter zurück und erzählte ihr, sie werde in der nächsten Woche den Zug nach Kyoto nehmen, um die Familie Akira zu besuchen.

Es regnete nur noch leicht, und sie schloss den Laden, bevor der Sturm möglicherweise wieder stärker werden würde.

Als sie an diesem Abend ihre Füße unter dem Kotatsu wärmte, dachte sie daran, dass im entfernten Deutschland Menschen lebten, die die Welt sahen und zu ihr in ihren kleinen Laden fanden. Das beruhigte sie.

Am nächsten Tag war der Himmel wolkenlos. Sie

rief einen Handwerker, um die Scheibe im Laden zu erneuern. Dann wechselte sie die Auslage und staubte die Fächer ab.

Am Mittag brachte ein Bote ein Päckchen.

Sie erwartete keine Lieferung und glaubte zunächst, der Bote habe sich geirrt. Doch es war tatsächlich für sie.

Obenauf lag ein kleines Kärtchen: »Dieser Fächer und seine Geschichte gehören Ihnen. Es war mir eine Freude, davon zu hören, und ich möchte Ihnen Ihre Spatzenfamilie zurückschenken. Es war sehr schön, Sie kennenzulernen. Falls sie einmal nach Deutschland kommen, würde ich mich freuen, Ihnen München zu zeigen. Ihr Wilhelm Schreiber.« Er hatte auch eine Adresse und eine E-Mail-Adresse angegeben.

Unter weißem Seidenpapier verborgen lag der Spatzenfächer.

Frau Michi atmete hörbar aus. So etwas war ihr noch nie passiert. Fast hätte sie weinen müssen.

Sie bemerkte Frau Kim nicht, die vor der Ladentür stand und im Begriff war anzuklopfen.

Frau Kim hatte ein Schwätzchen halten wollen. Doch als sie Frau Michi mit dem Kärtchen in der Hand am Tresen stehen sah, das geöffnete Paket vor sich, da zögerte sie. Sie lugte durch die Scheibe, und als sie meinte, Tränen in Frau Michis Augen zu sehen, da machte sie kehrt und ging in ihren Laden zurück.

NABEMONO
oder Der Eintopf

Frau Nishki überlegte.
Was war nun zu tun? Sie rückte ihre große Brille zurecht und sah sich in der organisierten Unordnung ihrer Küche um.

Ein Fremder hätte wahrscheinlich gedacht, in der kleinen Küche habe eine Bombe eingeschlagen: Der komplette Inhalt der Schubladen lag, allerdings sauber und fein geordnet, auf der Anrichte. Stäbchen, tiefe Suppenlöffel, die große Schöpfkelle, Wasabituben und ein paar Gummibänder. An den Griffen des kleinen Schränkchens, das bis oben hin voller hübsch verzierter Suppenschalen, Tellerchen und Teeschalen war, hingen unzählige Plastiktüten. Sie waren gefüllt mit frischem Kohl aus dem Garten, eine platzte fast, denn der Balg getrockneten Seetangs, den die Nachbarin gebracht hatte, war zu groß für die kleine Tüte.

Auf der Erde befanden sich neben weiteren mit Pilzen, Kartoffeln und anderem Gemüse gefüllten Beuteln diverse Körbe, fein aufeinandergestapelt.

Auf der randvollen Spüle hatte Frau Nishki die tragbare Hand-Spülmaschine platziert, die die Kinder ihr vor einigen Jahren geschenkt hatten.

Da sie das Geschirr immer in der Spüle wusch, weil sie dem seltsamen Apparat nicht traute, hatte sie die Spülmaschine zu einem kleinen Regal umfunktioniert, worin sich nun die Teetassen für jeden Tag stapelten.

Der zu jeder Tageszeit dampfende Reiskocher stand direkt auf dem kleinen Küchentisch, und in der Ecke, vor dem Durchgang zum Wohnzimmer, hatte Frau Nishki Wäsche aufgehängt. Ihr Mann hatte das nicht gemocht, aber es machte Sinn, denn dort stand auch der kleine Gasofen, sodass die Wäsche schneller trocknete.

Der dünne Holzboden in der Küche hatte neben dem Ofen eine kleine Delle, sie hatte oft Sorge, dass der Boden ganz nachgeben würde, falls sie auf die Delle trat. Deshalb hatte sie um die Stelle herum mit Paketband ein Viereck abgeklebt. Letzte Woche war die Nachbarin trotzdem daraufgetreten, seitdem stand ein kleiner, leichter Blumentopf mit Pflänzchen in der Mitte der Delle, nun war die Gefahr des Einbrechens gebannt. Abgesehen davon war möglichen Dämonen der Weg ins Haus versperrt.

Ratlos wischte Frau Nishki die Brille an ihrer Schürze ab.

Es schien, als habe sie nichts mehr zu tun heute.

Der Reiskocher stellte sich von selbst an, und sie würde später die Unagireste, den köstlichen Aal, mit etwas Reis und Misosuppe essen.

Der kleine Ofen bullerte. Es war Januar und hier auf dem Land recht kalt.

Widerstrebend setzte sie sich an den kleinen Tisch.
Seit sie allein lebte, war das keine gute Idee. Sorgen
und traurige Gedanken überfielen sie dann.

Vor zwei Wochen war sie ganz früh zum Tempel gegangen. Es war Neujahr, und die Glocke des Tempels
wurde hundertachtmal geläutet, für hundertsieben
Sünden im alten und eine Sünde im neuen Jahr. Wer
pünktlich kam, durfte einen der Glockenschläge aus-
führen.

Früher war sie mit ihrem Mann Hiroji gemeinsam
zum Tempel spaziert. Oft waren sie zu spät gekommen
und hatten nur den Glockenschlägen zuhören können.

Im letzten Jahr war er gegangen. Mit einer jüngeren
Frau. Er hatte sie und das Haus einfach zurückgelas-
sen. Seither ging sie nicht mehr viel aus. Manchmal kamen die Kinder, aber die waren längst erwachsen und
lebten in der Stadt. Über den Vater sprachen sie nicht.

Als sie am Neujahrstag die Sündenglocke läutete,
war sie sich zunächst nicht sicher, welche Sünden sie
bereute oder zu vergeben hoffte. Später wurde ihr klar,
es war seine Sünde, um deren Vergebung sie still gebeten hatte.

Natürlich hatte sich seither nichts geändert.

Als er gegangen war, hatte sie viel lernen müssen.
Im Haus gab es einen Fernseher, sogar einen DVD-
Player. Den hatte immer er bedient. Der Sohn hatte ihr
die Fernbedienung erklären müssen. Seitdem schaute
sie manchmal fern. Doch das Fernsehen war verwir-
rend. Es gab nun diese neue Show, in welcher drei
junge Leute um die Wette aßen. Eine Teilnehmerin
war eine zarte, junge Frau. Wenn sie Riesenomeletts
und übergroße Sushirollen in sich hineinschlang und

dazu lächelnd in die Kameras winkte, verstand Frau Nishki die Welt nicht mehr.

Das Telefon klingelte. Das passierte selten.

Frau Kumagai fragte, ob sie am nächsten Morgen vorbeischauen dürfe. Frau Kumagai kam immer mittwochs, und dienstags rief sie immer an, um sich anzumelden.

Der Reiskocher piepste. Ein Zeichen, dass nun der Abend anbrach.

Sie heizte den Kotatsu ein, den kleinen Tisch, unter dem eine Heizung versteckt war, und aß die Suppe, den Aal und den Reis vor dem Fernseher. Es gab Nachrichten und Englisch für Anfänger.

Nach einer Weile schaltete sie sogar den Heizteppich ein, so kalt war es geworden. Ihre Tochter hatte sie beim letzten Besuch ermahnt, sie solle nicht so oft auf dem Heizteppich schlafen, das sei nicht gut fürs Herz.

Am nächsten Morgen wurde sie von einem lauten Klopfen an der Hintertür geweckt. Sie war auf der Tatamimatte und dem Heizteppich eingeschlafen, ihre Füße noch unter den Kotatsu gestreckt.

Frau Kumagai kam früher als sonst.

Eilig stand Frau Nishki auf, fuhr sich durchs Haar und fand neben sich ihre Brille.

Frau Kumagai verbeugte sich höflich: »Guten Morgen, Nishki-san! Komme ich zu früh?«

Sie schien aufgeregt. Ihre Wangen waren gerötet, und sie sprach schneller als sonst.

Frau Nishki setzte Tee auf.

Fast wäre Frau Kumagai in ihrer Aufregung über die kleine Pflanze gestolpert, die mitten im Raum auf der Erde stand.

Erst als sie Frau Kumagai wiederholt dazu aufgefordert hatte, setzte die sich mit einer dankenden Verbeugung an den kleinen Tisch.

»Erlauben Sie, dass ich Ihnen einen Vorschlag mache?« Frau Kumagai wartete kaum ihre Zustimmung ab. »Kennen Sie die Tazawa Hotsprings?«

Frau Nishki hatte davon gehört. Der Tazawa-See bei Hachimantai war über vierhundert Meter tief, und die umliegenden heißen Schwefelquellen wurden vor allem von Leuten mit Krebsleiden aufgesucht.

Ob Frau Kumagai Krebs hatte? Sie kannten sich zwar, seit ihre Kinder noch ganz klein waren, aber über Krankheiten und andere intime Dinge sprachen sie nicht.

»Mein Sohn hat angeboten, mich und eine weitere Person am kommenden Wochenende dorthin zu fahren. Und ich dachte, vielleicht würden Sie uns die Freude machen und uns begleiten?«

Frau Nishki war überrumpelt. Ihr Haus verlassen? Hachimantai war weit, fast bei Yokohama.

Zunächst bedankte sie sich ausführlich bei Frau Kumagai für die nette Einladung. Diese bekräftigte die Einladung noch zweimal, damit war klar, dass dies ein ernst gemeintes Angebot war.

Sie konnte es unmöglich ausschlagen. Also sagte sie mit einer leichten Verbeugung zu.

Aber recht war es ihr nicht.

Am Donnerstag rief Frau Kumagai an, um ihr mitzuteilen, dass sie in einem Ryokan unweit von Hachimantai schlafen würden. Höflich erinnerte sie Frau Nishki daran, extra Pantoffeln für die Toilette mitzubringen.

Am Samstag würden sie sie früh abholen.

Am Donnerstagabend wurde Frau Nishki unruhig. Kurz überlegte sie, ob sie schon packen sollte, verwarf den Gedanken aber wieder. Sollte sie den Kindern Bescheid sagen, dass sie für einige Tage verreiste? Sie spürte ein Stechen in der Brust und musste sich setzen. Das Haus war so still, seit Hiroji fort war.

Sie schaltete den Fernseher ein. Da aßen die jungen Leute wieder um die Wette. Erschöpft schlief sie auf dem Heizteppich ein. Es war früh, und sie hatte nichts mehr gegessen.

Sie schlief unruhig und träumte, ihre Mutter stünde am Herd hinter dampfenden Töpfen und kochte für sie. Sie hatte sogar den köstlichen Duft einer herzhaften Suppe in der Nase.

Als sie am Freitag erwachte, war es kalt im Haus, und sie war sehr hungrig.

Sie nahm ein heißes Bad in der kleinen Sitzbadewanne und überlegte. Da war etwas, das ging ihr nicht aus dem Kopf... Was war es nur?

Plötzlich fiel es ihr ein: Nabemono! Eilig stieg sie aus der Wanne, trocknete sich zügig ab, zog ihren Hausanzug an und ging in die Küche.

Frau Nishki schaute in all die Beutel und Plastiktüten, es gab jede Menge Gemüse. Sie war erleichtert.

Sie setzte Suppe und Miso auf und beschloss, Nabemono, Eintopf, zu machen. Den könnte sie vor ihrer Abreise einfrieren und würde all das Wintergemüse aufbrauchen können.

Sorgfältig wusch sie die Shiitakepilze, bevor sie sie in feine Streifen schnitt. Dann hackte sie Lauch, Zwiebeln, Rettich und ein paar Algen. Der Eintopf war perfekt. So mochte sie ihn am liebsten. Ihr Mann hatte den Eintopf gerne kräftig gehabt. Mit Lachsbauch,

Tofu und dunkler Sojasoße zusätzlich. Nach dem Rezept seiner Mutter.

Frau Nishki hatte noch eingefrorenen Lachsbauch. Sie nahm ihn zum Auftauen aus dem Eisfach. Dann schnitt sie Tofu in Würfel und gab einige Spritzer Sojasoße zu der brodelnden Suppe.

Die Fenster der kleinen Küche beschlugen, und Frau Nishkis Wangen röteten sich. So angenehm warm war ihr lange nicht gewesen.

Den ganzen Tag über war sie vergnügt. Sie ordnete alte Fotos, die sie in Schachteln im Wohnzimmer fand, fegte vor dem Haus, stopfte einige Socken und las eine alte Zeitung. Hin und wieder rührte sie den Eintopf um. Es war später Abend, als der Lachsbauch schnittfertig war. Müde schnitt sie den Fisch in dünne Scheiben, die sie dann in den Topf plumpsen ließ. Es roch köstlich. Nun musste der Eintopf auf kleiner Flamme über Nacht ziehen. Nachdenklich sah sie der Suppe eine Weile zu, wie sie heiße Blasen warf.

Sie würde am Morgen früh aufstehen, noch bevor Frau Kumagai kam, und ein paar Sachen packen.

Auch in dieser Nacht schlief sie auf dem Heizteppich ein. Mitten in der Nacht jedoch erwachte sie. Geweckt von heftigen Schmerzen in der Brust.

Sie stand langsam auf und rieb sich das Herz, dann ging sie ein paar Schritte, schaltete das Licht ein.

Die Küche war noch warm. Sie atmete tief durch, langsam ließen die Schmerzen nach. Der Eintopf dampfte leicht und erfüllte die ganze Küche mit seinem Duft. Früher hatte dieser Duft die Kinder und ihren Mann in die Küche gelockt. Sie hatten gemeinsam gegessen, der Mann hatte mit den Kindern

Scherze gemacht, und oft war der ganze Topf geleert worden.

Vorsichtig hob sie den Deckel an, der Eintopf, den sie so oft für ihren Mann gemacht hatte, war fertig.

Wieder durchfuhr sie ein stechender Schmerz, der ihr fast die Tränen in die Augen trieb.

Sie vermisste ihn. Bisher hatte sie sich nicht erlaubt, diesen Gedanken zu denken. Sie vermisste ihn schrecklich.

Vorsichtig nahm sie eine Suppenschale aus dem Schrank. Es war ein besonderes Porzellan aus Kyoto, Hiroji hatte ihr die Schale vor Jahren mitgebracht, eigentlich benutzte sie sie nur an Feiertagen.

Frau Nishki atmete jetzt ruhiger. Füllte die Schale mit dampfendem Eintopf. Alle Zutaten hatten ihren Geschmack entfaltet, die dunkle, kräftige Färbung war genau richtig. Er schmeckte köstlich. Hiroji wäre stolz auf sie gewesen.

Sie schaltete Kotatsu und Heizteppich aus und legte sich in ihrem Schlafzimmer ins Bett. Auf Hirojis Seite. Den würzig warmen Eintopf im Bauch schlief sie sofort ein.

Als Frau Kumagai am nächsten Morgen klopfte, öffnete Frau Nishki noch im Pyjama.

»Verzeihen Sie, liebe Freundin«, sagte sie mit einer tiefen Verbeugung. »Ich kann Sie leider nicht begleiten.«

Frau Kumagai sah sie traurig an, natürlich machte sie ihr keine Vorwürfe, aber sie schien auf eine Erklärung zu warten.

»Die heißen Quellen sind nicht gut für mein Herz.«

Frau Kumagai nickte besorgt: »Sie müssen sich nicht erklären, ich habe vollstes Verständnis. Ich bedaure natürlich Ihre Lage...« Frau Kumagai zögerte. Dann verbeugte sie sich und fragte leise, in die Verbeugung hinein: »Verzeihung, was ist denn mit Ihrem Herzen?«

Frau Nishki lächelte und gab ebenso leise zurück: »Es ist gebrochen.«

VIELE GÖTTER

Wo war nur das verflixte Reiskorn hingefallen?
Er blickte an sich hinunter.

Auf dem schwarzen, frisch gebügelten Anzug war nichts zu sehen. Auch die Tischplatte blitzte unschuldig. Er rutschte leicht zur Seite und suchte unter dem Tisch. Nichts.

Er meinte, er hätte es fallen sehen.

An so einem Tag wie heute war das wichtig. Besonders wichtig. Er hatte in einer Stunde sein Bewerbungsgespräch.

Man sagt, in jedem Reiskorn wohnen viele Götter! Du musst jedes Reiskorn mit Respekt behandeln!

In seiner Familie war nie ein Reiskorn verloren gegangen oder achtlos auf die Erde gefallen. Und nun, an seinem wichtigen Tag…

Er schwitzte leicht, löste den engen Knoten der Krawatte. Heute früh hatte er gegoogelt, wie man eine Krawatte bindet. Windsorknoten oder Prince Albert? Bisher hatte er das nie machen müssen.

Außer ihm war niemand zu Hause gewesen. Die Mutter arbeitete Nachtschichten und war noch nicht nach Hause gekommen.

Er hatte noch vor dem Shintô-Schrein im Wohnzimmer um ein gutes Gelingen gebeten, danach kniete er kurz vor dem kleinen Buddha-Altar im Zimmer seiner Mutter, man kann ja nie wissen. Er wollte diesen Job unbedingt.

Es wurde Zeit für eine eigene Wohnung. Er wollte eine Freundin, er musste Geld verdienen, auf eigenen Füßen stehen. Von dem heutigen Bewerbungsgespräch hing eine Menge ab.

Es war wichtig, die Götter auf seiner Seite zu haben. In den letzten Monaten hatte er die Gebete und Tempelgänge sehr vernachlässigt.

Er hatte das Haus früh verlassen und auf dem Weg nach Ginza beim Yasukuni-Schrein haltgemacht und die große Glocke geläutet. Eigentlich war das ein Umweg. Nun sollten alle Götter auf seiner Seite sein. Wenn nur das Reiskorn nicht wäre.

Er war zu früh in Ginza. Viel zu früh. Deshalb hatte er noch zu Mittag gegessen. Maguro Donburi, Tartar vom Thunfisch auf Reis.

Die Schale war leer, sein Magen voll, aber wo war das verflixte Reiskorn geblieben?

Er ging auf die Knie und sah unter dem niedrigen Tisch nach, ja, er hob sogar die Tatamimatte an, auf der er saß.

Nichts.

Er stieß mit seinem Po an den leeren Nachbartisch, ein Glas fiel um. Die alte Dame hinter der Theke sah zu ihm hinüber. Entschuldigend verbeugte er sich mehrmals.

Wenige Minuten später brachte sie die Rechnung: »Ist Ihnen nicht wohl, junger Mann?« Sie stellte ein Glas Wasser vor ihn hin. Fast hätte er sich ihr anvertraut, aber das war unmöglich.

»Vielen Dank, alles ist in bester Ordnung. Haben Sie Dank für Ihre Freundlichkeit. Ich wünsche einen schönen Tag!«

Eilig zog er seine Schuhe an, um dann hastig das Lokal zu verlassen. Er sah auf die Uhr. Nun musste er sich beeilen! Die Sucherei nach dem verschwundenen Reiskorn hatte ihn eine halbe Ewigkeit gekostet.

Zunächst fand er das richtige Gebäude nicht. Er musste sich durchfragen, die Leute schauten ihn mit großen Augen an. Er musste ziemlich aufgelöst aussehen. Es gab nirgendwo einen Spiegel. Während er zügig die Straße entlangging, fuhr er sich durchs Haar und zog die Krawatte fest.

Wie hieß der Mann noch, den er nun treffen sollte?

Da, da war er endlich, der Oshinko Tower. Er musste in den neunundvierzigsten Stock. Der kleine Aufzug hielt viel zu lange in jedem Stockwerk.

Tanaka-san? Nein, der Mann hieß ... Takanara-san?

Fast hätte er den neunundvierzigsten Stock verpasst.

Ein Mädchen mit blondiertem, glattem Haar saß an der Rezeption. Sie verbeugte sich leicht: »Ja, bitte?«

Er riss sich zusammen und bemühte sich, mit fester Stimme zu sprechen und gelassen zu wirken: »Ich ... ich habe ein Bewerbungsgespräch.«

Sie blickte ihn kurz an, dann schaute sie auf die Schreibtischplatte vor sich und errötete.

Er war irritiert. Sie sprach leise: »Bei wem haben Sie das Bewerbungsgespräch, bitte?«

Er dachte angestrengt nach: »Bei Takanorai-san, bitte.«

Glück gehabt.

Ihre Finger flogen über die Tastatur. Dann griff sie zum Telefonhörer. »Einen Moment, bitte. Nehmen Sie Platz.«

Er setzte sich auf einen der beiden Stühle gegenüber der Rezeption.

Im Kopf ging er noch einmal die wichtigsten Punkte durch. Er hatte sein Jurastudium in Kyoto mit dem zweitbesten Ergebnis seines Jahrgangs abgeschlossen, er hatte ein sechsmonatiges Praktikum bei Yukonishi Ltd. gemacht, er sprach fließend Englisch, er wäre auch mit einem zunächst zeitlich begrenzten Vertrag einverstanden, er… Da fiel ihm das Reiskorn wieder ein.

Sein Leben lang hatte er nie ein Reiskorn auf die Erde fallen lassen, und heute, ausgerechnet heute, war es passiert.

Er hatte sich nie gefragt, ob es die Götter wirklich erzürnte, er hatte nicht darüber nachgedacht, was passieren würde, wenn er den Göttern gegenüber respektlos war.

Er seufzte. Erschrocken sah er auf, ob ihn das Mädchen an der Rezeption gehört hatte. Sie tippte scheinbar unberührt in ihren Laptop, aber es war ihm, als würde sie ein Grinsen unterdrücken. Ihr Telefon klingelte, sie sprach kurz und winkte ihm leicht.

Er stand auf.

»Takanorai-san erwartet Sie! Bitte folgen Sie mir!«

Sie ging mit kleinen Schritten voraus, die Fußspitzen leicht nach innen gedreht, und führte ihn einen langen Gang entlang. Vor einer Teakholztür blieb sie stehen. Sie blickte ihn nicht an, errötend sah sie auf ihre Schuhspitzen. »Verzeihen Sie bitte ... Sie haben da ... Da klebt ein Reiskorn an Ihrer linken Augenbraue.«

Er blickte sie ungläubig an. Was war das?

Langsam hob er die Hand an sein Gesicht. Ja, da war das Reiskorn!

Vorsichtig nahm er es zwischen Daumen und Zeigefinger, sah es sich genau an und steckte es dann in den Mund.

Das Mädchen verneigte sich kurz und ging.

Er lächelte, die Götter meinten es gut mit ihm.

DAS MONSTER

Sie hielt inne. Rieb sich das Gesicht. Massierte die Schläfen und strich sich mit Druck über die Stirn. Dann die Nase und die Wangen entlang.

Sie hatte noch kein Make-up aufgetragen. Noch konnte sie ihr Gesicht reiben.

Sie war müde. Eigentlich, dachte sie, war sie immer müde. Deshalb trank sie viel Cola. Sie mochte die roten Dosen. Als Kind hatte sie die leeren Dosen aufgehoben und heimlich unter dem Bett gesammelt. Das Zaubergetränk aus Amerika. Sie fühlte sich wach und unternehmungslustig, wenn sie eine Dose geleert hatte.

So müssen wohl die Amerikaner sein, wach und unternehmungslustig, hatte sie gedacht. Es war ihr Traum gewesen, nach Amerika auszuwandern. Als Teenager hatte sie immer Cola getrunken und sich mit ihrer Freundin Ikuko ausgemalt, zusammen nach Amerika zu gehen, als Modedesignerinnen vielleicht? Sie hatten zu Paula Abdul getanzt und Levi's Jeans getragen.

Aber dann war Ikuko schwanger geworden und hatte ganz schnell heiraten müssen. Sie war weggezogen, nach Shikoku, einer Insel, sehr weit weg von Tokio. Nun hörten sie kaum noch voneinander.

Wieder rieb sie ihr Gesicht, wischte die Erinnerungen fort.

Dann horchte sie. Es war still.

Sie unterdrückte den Impuls, aufzustehen und nachzusehen.

Ihr Magen knurrte. Der Kühlschrank war voll. Da war noch der Lachs, den sie gestern gegrillt hatte, die Berge hauchdünn geschnittenen Rindfleischs für Shabu Shabu heute Abend, Tamagoyaki, kleine Omeletthäppchen, die die Nachbarin gebracht hatte.

Alle hatten bemerkt, wie dünn sie geworden war. Schon vor der Hochzeit war sie zart gewesen, nun war sie fast durchsichtig, zerbrechlich.

Essen war zu anstrengend.

Die anderen aßen, schlangen und schlürften. Ihre Aufgabe war es, das Essen zuzubereiten. Manchmal war sie allein davon satt, den anderen zuzusehen.

Im Zimmer nebenan rumorte es. Kurz hatte sie für möglich gehalten, dass das Monster vielleicht eingeschlafen war.

Doch da war es wieder. Schreie, wütendes Schnauben, dann ein dumpfer Knall. Etwas war gegen die Wand geworfen worden, mit zorniger Gewalt.

Dann Stille.

Kurz hielt sie sich die Ohren zu.

Dann tobte das Monster weiter. Sollte sie ihm ein paar süße Mochibällchen bringen, um das aufgebrachte Gemüt zu besänftigen?

Keine Zeit. Sie hatte zehn Minuten, um Make-up

aufzutragen, dann zwei Minuten, um die Nattôboh-
nenreste aufzuwischen, die das Monster auf dem Tisch
hinterlassen hatte, und dann noch acht Minuten, um
den Reiskocher zu überprüfen, Misosuppe aufzuset-
zen und den Tisch zu decken.

In zwanzig Minuten würde der Mann kommen,
hungrig.

Er war seit fünf Uhr auf den Beinen. Erst beim
Fischmarkt die großen Thunfische abladen, dann
Ware ausfahren.

Sie hatten sich ein Jahr lang gekannt, dann hatte er
um ihre Hand angehalten.

Damals war sie dreißig. Und wohnte noch bei den
Eltern. Alle Freundinnen waren bereits verheiratet,
viele hatten Kinder. Sie beschloss damals, dass es Zeit
sei.

Nach der Hochzeit stellte sie fest, dass der Mann
nicht so lustig war, wie sie gedacht hatte, dann kam
das Kind. Und mit dem Kind die unzähligen Kleenexschachteln. Sie benutzte die weichen, dünnen Tücher,
um Kot, Erbrochenes, Pipi oder Essensreste aufzuwischen.

Sie hatte zwanzig Minuten, wenn nichts dazwi-
schenkam, wenn das Monster sich ruhig verhielt.

Mechanisch begann sie, ihr Gesicht einzucremen,
dabei betrachtete sie sich im Spiegel. Sie war vierund-
dreißig. Früher hatten Freunde gesagt, sie sehe aus
wie Audrey Hepburn. Alle hatten ihre Alabasterhaut
gelobt und das glänzende Haar.

Sie hatte es nach der Geburt abgeschnitten, diese
Dinge waren jetzt nicht mehr wichtig. Sie trug das
Make-up dünn auf, mit einem kleinen Schwämm-
chen. Ein wenig Puder. Als sie den Eyeliner ansetzt,

regt sich das Monster wieder. Die Tür vom Kinderzimmer geht auf.

Ihre Hand zittert leicht. Kurz schaut sie hoch.

Da steht es. Zornig, schnaubend. Es stampft mit dem Fuß auf, rüttelt an der Türklinke.

Das Kind.

Es ist vier Jahre alt. Vor einem Jahr wurde aus dem Kind das Monster.

Das Monster, das nie schlafen will, das immer schreit, stampft, knurrt und hungrig ist. Das mit allem schmeißt, um sich schlägt und ihre Pantoffeln vom Balkon wirft.

Vorsichtig zieht sie die Linie.

Das Monster schreit und wirft sich auf die Erde. Sie schaut nicht auf.

Seit der Mann weniger zu Hause ist, ist alles schlimmer geworden.

Das Kind ist in der Nachbarschaft bekannt. Die alten Damen lieben sein rundes Gesicht mit den großen Augen. Es ist der Held des Viertels. Jeder will ihm Süßes zustecken.

Es ist der Zucker, der Zucker macht das Kind verrückt, sagt die Ärztin.

Aber was soll sie tun? Sie hat nicht die Kraft, dem Monster die Mochibällchen, die Schokoladenbananen und die Cola zu entreißen.

Jetzt steht es da und schreit.

Dann rennt es plötzlich auf den Balkon.

Sie versucht, ruhig die Wimpern zu tuschen, schaut über den Rand des Spiegels zum Balkon.

Die Wäscheklammern fliegen.

Sie muss die Suppe aufsetzen, es bleibt nicht mehr viel Zeit.

Jetzt hat es den blauen Wäschekorb umgedreht und versucht, auf ihn draufzuklettern.

Gebannt hält sie inne. Das Monster steht nun auf dem Korb, das Geländer des Balkons geht ihm nur noch bis zur Hüfte.

Er ist groß für sein Alter, sagen die Nachbarn.

Triumphgeheul schallt über die Dächer von Shinjuku.

Nun versucht es sich am Geländer hochzuziehen, mit zielloser Kraft kämpft es mit der Ungeschicktheit des zornigen Leibes.

Sie schaut nur.

Was wäre, wenn sich das Monster zu Tode stürzte?

Es wäre ein Unfall. Es wäre plötzlich still.

Sie nimmt leise eine Cola aus dem Kühlschrank. Wenn das Monster die sieht, kommt es angerannt und verlangt auch danach.

Geräuschlos trinkt sie. Früher fühlte sie sich wach und unternehmungslustig, jetzt ist sie nervös.

Sie stellt sich an den Herd, knipst die Dunstabzugshaube an und raucht.

Dabei lässt sie es nicht aus den Augen, wie es beharrlich versucht, auf das Geländer des Balkons zu klettern. Nun fällt ein Schuh.

Das Monster ist kurz irritiert, quiekt und rutscht ein Stück zurück, hängt aber noch halb über dem Geländer.

»Gleich…«, denkt sie. »Gleich ist alles vorbei.«

Die Dunstabzugshaube rauscht, sie schließt die Augen, bläst den Rauch in den Metallschlund.

Dann ist alles vorbei. Ein tragischer Unfall. Die Familie reist von überall her an, nach der Beerdigung werden alle Verständnis dafür haben, dass sie still ist, dass sie allein sein will und Zeit braucht. Sie darf schlafen, den ganzen Tag. Die alten Tanten werden ihr Sobatee bringen und den Rücken reiben. Man wird nicht darüber sprechen, was vorgefallen ist.

Dann wird sie ein Ticket kaufen, nach Amerika, und einfach gehen.

Die kleine Wohnung mit dem elektrischen Wärmeteppich, die Kleenexschachteln, die Pantoffeln, den Reiskocher, all das wird sie hinter sich lassen.

Sie hat den Mann nicht gehört. Er zieht nicht die Schuhe aus. Er stürzt auf den Balkon. Die Haustür fällt krachend ins Schloss. Durchzug.

In letzter Sekunde fängt er das Kind.

Es schreit. Wütend tritt es den Vater. Der schließt die Balkontür. Er trägt das Kind unter dem Arm in die Küche.

Er schaut sie nicht an, setzt das Monster vor ihr ab.

Dann geht er zur Haustür, zieht seine Schuhe aus und die Pantoffeln an.

Sie hat die Zigarette ausgemacht.

Und setzt die Suppe auf.

KORE WA NAN DESU KA?
oder »Was ist das?«

Sie standen in der Schlange. Tadaski trat unruhig von einem Bein aufs andere, während Haruka ruhig abwartete und geduldig einen Knoten in ihrem dünnen Silberkettchen löste.

Es war Buddhas Geburtstag, der 8. April.

Seit drei Jahren waren die beiden ein Paar, und seit drei Jahren gingen sie am 8. April gemeinsam zum Asakusa-Sensōji-Tempel. Heute waren sie allerdings spät dran. Sie hatten ihr kleines Apartment in Arakawa bereits um elf Uhr verlassen. Doch obwohl Asakusa nicht weit von Arakawa entfernt war, hatte heute alles länger gedauert.

Haruka wollte vorher unbedingt den Umweg über Shibuya machen.

Ihre kleine, von ihr heiß geliebte Schwester hatte in wenigen Tagen Geburtstag, und Haruka wollte ein spezielles Geschenk erstehen. Was auch immer »speziell« bedeuten sollte, das wusste Tadaski nicht.

Aber er hatte in Shibuya fast dreißig Minuten auf Haruka warten müssen, weil sie darauf bestand, das geheimnisvolle Geschenk alleine zu kaufen. Er hatte also an der Straßenecke gestanden und sich gefragt, was sie wohl für ihre Schwester ausgeheckt hatte.

Miyu, Harukas Schwester, war ihm nicht geheuer. Sie war fünfundzwanzig Jahre alt, hatte hell blondiertes Haar und immer viel Geld. Was sie jedoch arbeitete, wusste keiner, und man sprach auch nicht darüber.

Außerdem war sie weder verlobt noch verheiratet.

Als er und Haruka im letzten Jahr geheiratet hatten, war Miyu als Letzte erschienen und hatte sich später betrunken. Wenn sich die Schwestern trafen, flüsterten und kicherten sie viel, und Harukas Wangen waren jedes Mal gerötet, wenn Miyu ging.

Oft hatte er das Gefühl, sie mache sich sogar über ihn lustig, wenn sie mit schwingenden Hüften an ihm vorbeiging und ihm ein lächelndes »Konnichi wa?« zuwarf.

Als sein Handy klingelte, war die Sekretärin seines Chefs dran. Sie solle ihn von Takahashi-san daran erinnern, dass er zusammen mit Haruka zum Dinner eingeladen sei. Heute Abend. Ob er die Adresse habe?

Tadaski bedankte sich höflich und begann zu schwitzen. Er hatte das Abendessen völlig vergessen. Das bedeutete, dass auch er ein Geschenk kaufen musste.

Haruka kam mit einer mittelgroßen Tüte zurück.

Tadaski drängte zur Eile. Nach dem Tempelbesuch musste ein weiteres Geschenk gefunden werden, und es war nur wenig Zeit, Takahashi-san erwartete sie um zwanzig Uhr in Roppongi.

»Ich kann nicht glauben, dass du die Einladung

vergessen hast! Wo hast du nur deinen Kopf?« Lachend strich ihm Haruka durchs Haar. In Momenten wie diesen war er sehr glücklich und freute sich über seine Frau.

Während sie die U-Bahn Richtung Asakusa nahmen, beäugte Tadaski die Tüte misstrauisch. Er wollte lieber nicht wissen, was darin war, was auch immer es sein mochte.

Nun standen sie in der Schlange vor dem Tempel, und es begann zu regnen. Trotz des trüben Wetters strömten unaufhörlich Menschen durch das große rot-grüne Tor auf den Platz vor dem Tempel und stellten sich in einer der langen Schlangen an.

Was sollte er seinem Chef mitbringen? Eine Krawatte? Er fragte Haruka nach ihrer Meinung.

Die schlug Yatsuhashi, Konfekt aus Kyoto, vor. Die süßen, gefüllten Reisteigkonfekte waren eine Delikatesse, und Tadaski lief das Wasser im Mund zusammen, wenn er nur daran dachte. Eine gute Idee.

Endlich waren sie an der Reihe. Hektisch sah er auf die Uhr. Es war schon zwei Uhr. Um die Yatsuhashi zu kaufen, würden sie bestimmt bis Shibuya fahren müssen.

Während sie still ihre Gebete sprachen, goss jeder von ihnen den süßen Tee vorsichtig über die kleinen Buddha-Statuen, so wie es der Brauch vorsah.

Hatte er genug Bargeld dabei, oder würden sie noch zur Bank müssen? Tadaski fiel es schwer, sich auf Buddhas Geburtstag zu konzentrieren. Während Haruka in sich gekehrt ihren Buddha begoss, rutschte ihm die kleine Karaffe aus den Händen. Er konnte sie zwar noch vor dem Zerschellen auffangen, hatte nun aber einen großen nassen Fleck im Schritt.

Er wurde rot, stellte schnell die gerettete Karaffe weg und trat zur Seite. Niemand sah ihn an. Niemand schien von seinem Missgeschick Notiz zu nehmen.

Beiläufig versuchte er mit seinem Schal den Fleck zu trocknen.

Er hörte Haruka kichern. »Tadaski, was ist nur mit dir los? Brauchst du Hilfe?« Jetzt erinnerte sie ihn an ihre Schwester. Brummig drehte er sich weg und schlang sich seinen Schal um die Hüften. So müsste es gehen.

Der Regen war stärker geworden, und die beiden mussten zur U-Bahn rennen.

Sie beschlossen, die Yatsuhashi in Shinjuku zu kaufen, das war nicht ganz so weit. Haruka kannte ein kleines Geschäft dort.

In Shinjuku angekommen, war sich Haruka plötzlich nicht mehr sicher. So gingen sie zunächst die Shinjuku-Dôri in östlicher Richtung, dann rechts auf die Meiji-Dôri, bis sie die Yasukuni-Dôri kreuzte.

Tadaski sah auf die Uhr, vier Uhr war lange vorbei. Noch immer hatten sie den Laden nicht gefunden.

Tadaski wurde immer unruhiger: »Vielleicht sollten wir ihm doch lieber eine Krawatte kaufen, Haruka!«

Haruka eilte voran, die geheimnisvolle Tüte am Handgelenk.

Plötzlich juchzte sie: »Da! Siehst du, wir haben es gefunden!«

Für Tadaski war es ein absolutes Wunder, dass sie den Laden überhaupt entdeckt hatten. Im Laufschritt erreichten sie den kleinen Laden, dessen Auslage mit buntem Gebäck und Reisküchlein gefüllt war.

Eine alte Dame stand hinter der Theke. Haruka war noch ein bisschen außer Atem. Sie verbeugte sich und bat um Rat, welche Yatsuhashi für Tadaskis Chef angemessen wären. Die Dame griff zielsicher nach einer Schachtel. »Diese sind mit Zimt und Schokolade gefüllt, sie sind besonders bei Herren mittleren Alters beliebt und etwas ganz Besonderes.« Tadaski schluckte, die Delikatesse kostete fast 5000 Yen. Aber sie hatten keine Zeit. Haruka bat die Dame trotzdem, die Schachtel als Geschenk einzupacken. Unterdessen fing es wieder an zu regnen.

Tadaski bezahlte, und Haruka steckte das Geschenk in ihre Tüte.

Die U-Bahn war voller nasser Menschen, die Scheiben waren beschlagen, und Tadaski wurde müde. Die Vorstellung, nun noch bei einem Abendessen eine gute Figur abgeben zu müssen, fand er anstrengend.

»Was hast du für Miyu gekauft?«, flüsterte er Haruka zu. Die lächelte nur. »Nichts, was dich interessieren würde.«

Er merkte, wie ihn die Antwort nervte: »Doch, es interessiert mich!«

Haruka rollte mit den Augen: »Was für Frauen, Tadaski. Auf jeden Fall keine Krawatte!«

Fast hätten sie über ihre Kabbelei ihre Station verpasst. Schnellen Schrittes legten sie die vier Blocks zu ihrer Wohnung zurück.

Dann lief alles wie am Schnürchen. Haruka duschte zuerst. Tadaski ermahnte sie: »Beeile dich, in fünfundvierzig Minuten müssen wir wieder los!« Er hatte begründete Sorge, nicht pünktlich zu sein. Sie würden die U-Bahn wechseln müssen, und es regnete.

Während Haruka im Bad war, schaute Tadaski in die Geschenketüte. Er nahm beide Päckchen heraus: Sie waren identisch in Größe und Gewicht, und die

Farbe des Papiers war fast dieselbe. Das eine dunkelblau und das andere grünlichblau. Tadaski war verwirrt. Da klingelte sein Handy. Es war Susuma, sein Arbeitskollege. »Tadaski-san, ich hoffe, du hattest einen guten Tag?« Susuma war ein paar Jahre älter, alleinstehend und redete zu viel. Auch er war zum Dinner eingeladen.

»Ich finde Takahashi-sans Adresse nicht, bist du so freundlich und gibst sie mir?«

Tadaski legte die Geschenke beiseite und suchte seine Arbeitstasche. In seinem Filofax fand er die Adresse. Er musste sie Susuma dreimal buchstabieren, bis dieser sie notiert hatte.

Mittlerweile war Haruka im Bad fertig, und es war an Tadaski, sich nun zu sputen.

Höflich wimmelte er Susuma ab und sprang unter die Dusche.

Das heiße Wasser tat gut, erst jetzt merkte er, wie durchgefroren er war.

Er wusch sich die Haare und überlegte sich mögliche Themen für die bevorstehenden Unterhaltungen. Das war zwar eher die Aufgabe des Gastgebers, aber Tadaski wollte in gutem Licht erscheinen und keine Gesprächspausen entstehen lassen.

Er arbeitete noch nicht so lange in der kleinen Werbefirma, und dies war das erste offizielle Abendessen, zu dem er und Haruka eingeladen waren. Tadaski war Grafiker und hoffte im nächsten Jahr auf mehr Verantwortung und eine Gehaltserhöhung.

Haruka klopfte an die Badezimmertür und drängte zur Eile.

Zehn Minuten später standen sie gemeinsam vor dem großen Spiegel im Flur. Haruka trug ein schlichtes Kleid mit flachen Schuhen und Tadaski einen dunkelblauen Anzug. Sie lachte: »Wir sehen so viel älter aus!«

Zum Glück hatte der Regen aufgehört. Tadaski hatte sich die Adresse auf einem kleinen Zettel notiert und überlegte, zu welcher U-Bahn-Station sie fahren sollten, da griff ihn Haruka am Arm: »Das Geschenk!« Sie hatten es vergessen. »Ich hole es!«, sagte Haruka und rannte los. Trotz ihres Kleides lief sie ziemlich schnell, vor Jahren war sie eine der Besten im Leichtathletikteam ihrer Schule gewesen.

Keuchend suchte sie im Wohnzimmer nach der Tüte. Tadaski hatte das Geschenk herausgenommen. Doch, Moment, da war noch die zweite verpackte Schachtel. Fast hatte sie Miyus Geschenk vergessen. Haruka wog die Päckchen in den Händen. Verwirrt dachte sie einen Moment lang darüber nach, dass die Yatsuhashi genauso viel wogen wie ein Massagestab. Sie überlegte. Die Zeit war knapp. Und sie wollte nicht Takahashi-sans Geschenkverpackung zerstören. Miyus Massagestab war das Paket mit dem dunkleren Papier, oder? Sie war unsicher. Dunkelblau war diskreter als grünblau. Jetzt war sie sich sicher. Das grünblaue Papier war moderner.

Sie schnappte sich das grünblaue Päckchen und beschloss, dass sich darin Takahashi-sans Yatsuhashi befanden.

Sie rannte zurück zu Tadaski, der ungeduldig von einem Bein aufs andere trat. Als sie wenige Minuten später in der U-Bahn saßen, lehnte sich Haruka an Tadaskis Schulter. »Was für ein Tag. Sag mal, wer kommt alles heute Abend?«

Tadaski überlegte. Susuma, der ältere Kollege, würde

kommen. Dann sicher Masaru mit seiner Frau. Masaru war ebenfalls Grafiker und ziemlich arrogant, wie Tadaski fand. Fast hätte er Daichi vergessen, Takahashis rechte Hand. Daichi bewunderte er heimlich. Obwohl Takahashi höhergestellt war, wirkte Daichi würdevoller und weiser auf Tadaski. Abgesehen davon trug er eine sehr teure, besondere Uhr. Eine »U-Boot«. Eine italienische Uhr, das Modell, das Daichi trug, war Tadaskis Traum, es kostete 30 000 Dollar. Er kannte sich gut aus mit Uhren. Er selbst hatte es bisher allerdings nur zu einer Rolex Submariner gebracht.

Takahashis Haus war leicht zu finden. Hinter einem imposanten Eingangstor befand sich ein großes, im japanischen Stil gebautes Haus. Auch Haruka war beeindruckt: »Vergleich das mal mit unserer kleinen Bude!«, flüsterte sie.

Takahashis Frau öffnete. Sie trug einen modernen Kimono und begrüßte die beiden freundlich. »Ich bin Hina. Seien Sie uns willkommen.«

Sie überließen Hina-san ihre Jacken, tauschten die Straßenschuhe gegen Pantoffeln und begaben sich ins Esszimmer. Sie waren die Letzten. Alle anderen Gäste saßen bereits um den großen Tisch, tranken Sake und unterhielten sich.

Tadaski verbeugte sich tief vor Takahashi-San, Haruka tat es ihm nach. Dann übergaben sie ihr Geschenk. Takahashi-san bedankte sich ausführlich, lobte das schöne Geschenkpapier und legte es ungeöffnet zu den anderen Präsenten auf einen kleinen antiken Schreibtisch.

Bei Tisch sprach man über eine handgearbeitete Schale, ein sogenanntes Centrepiece, welche in der Mitte des Tisches stand. Auf der Schale waren Teile des alten Tokios in verschiedenen Jahreszeiten abgebildet. Susuma erzählte gerade lebhaft von der Kindheit seiner Mutter, deren Mutter eine Geisha gewesen war.

Die Schale war mit Blüten gefüllt. Sie war dort platziert worden, um das Gespräch in Gang zu bringen, und wurde zum Essen beiseitegeräumt.

Schon die Vorspeisen waren köstlich. Es gab kleine Akashiyaki, Omelettbällchen mit Oktopus, und verschiedene Gyôza, gefüllte Teigtaschen. Haruka fragte sich, ob Frau Takahashi alles selbst gekocht hatte. Sie saß neben Masarus schwangerer Frau, die blass und still war und ihrem Mann zuhörte. Tadaski saß neben Daichi. Die beiden unterhielten sich über Uhren.

Haruka blickte sich unauffällig im Esszimmer um. Die Takahashis schienen Kunst zu sammeln. An den Wänden hingen moderne Gemälde neben klassisch japanischen Zeichnungen. Überall standen geschmackvoll angerichtete Blumen, und das Licht war angenehm.

Auf dem kleinen Schreibtisch stand ein gerahmtes Hochzeitsbild.

Daneben lagen die Geschenke, die nach japanischem Brauch erst nach der Verabschiedung der Gäste ausgepackt wurden.

Haruka betrachtete ihr Päckchen. Die Yatsuhashi waren eine gute Idee von ihr gewesen. Und plötzlich zweifelte sie wieder. Was wäre, wenn sie nun doch das falsche Päckchen genommen hatte? Dann würden die Takahashis einen Massagestab in den Händen halten.

Undenkbar. Sie wurde rot bei dem Gedanken daran.

Sie versuchte sich noch einmal die Verkaufssituation im »108 sins« in Erinnerung zu rufen. Die Verkäuferin hatte sie gefragt, ob es in Ordnung sei, das Geschenk in grünes Papier einzuwickeln, das pinke Geschenkpapier, das sie normalerweise bei »108 sins« verwendeten, sei ausgegangen. Sie könne allerdings im Lager nachsehen, ob sie noch silbernes Papier hätten.

Haruka aber hatte Tadaski nicht länger warten lassen wollen und dem grünen Papier, das bläulich schimmerte, zugestimmt.

Außerdem waren ihr Erotikshops unangenehm. Miyu hatte da keine Berührungsängste, und der Massagestab zum Geburtstag würde ihr sicher imponieren. Dann hatte die Verkäuferin das grünblaue Päckchen in eine Plastiktüte gepackt.

Es durchfuhr sie wie ein Blitz.

Das bedeutete, dass dort auf dem feinen Tischchen Miyus Massagestab lag!

Haruka musste husten.

»Ein Glas Wasser?« Frau Takahashi war schon aufgesprungen.

»Nein ... nein, vielen Dank. Bitte keine Umstände.« Hustend verbeugte sich Haruka. Sie nahm einen großen Schluck Wasser, und Tadaski rieb ihr über den Rücken: »Alles in Ordnung?«

Haruka konnte ihn nicht ansehen. »Das Päckchen, es ist das falsche«, flüsterte sie.

Tadaski brauchte einen Moment, um zu verstehen, wovon sie sprach. Er räusperte sich und flüsterte: »Was war denn in Miyus Päckchen?«

Haruka flüsterte es ihm ins Ohr und wurde noch einmal rot.

Tadaski erblasste. Er hustete leicht und sah sie nicht an.

»Haben Sie nicht letztes Jahr geheiratet?«, fragte plötzlich Frau Takahashi freundlich.

Tadaski riss sich zusammen. »Ja, genau. Im letzten Jahr.« Haruka lächelte dazu.

»Hier in Tokio?«, wollte Frau Takahashi wissen.

»Nein, in Kyoto, bei den Eltern«, beeilte sich Haruka zu sagen, als Tadaski verwirrt nach einer Antwort suchte. Zum Glück wurde nun der Hauptgang aufgetragen. Eine Haushaltshilfe im schlichten Kimono brachte Teriyaki vom Rind und verschiedene Gemüse.

Weder Haruka noch Tadaski aßen mit großem Appetit. Es war unhöflich, miteinander zu flüstern. Haruka stupste Tadaski ein paarmal unter dem Tisch an. Was sollten sie tun? Sie konnten das Geschenk unmöglich wieder mitnehmen.

Tadaski zuckte nur leicht mit den Schultern.

Susuma hatte scheinbar zu viel Sake getrunken. Er sprach jetzt lauter als alle anderen und lachte viel.

Masarus schwangere Frau wandte sich an Haruka: »Haben Sie Kinder?«, fragte sie leise.

Haruka verneinte. Masarus Frau nickte leicht und aß weiter.

Tadaski starrte auf seinen Teller. Sicher zerbricht er sich den Kopf, was zu tun ist, dachte Haruka. Sie kannte ihn. Wenn es ein Problem gab, wurde er immer ganz still und grübelte.

Haruka überlegte, ob der Massagestab ein Grund sein könnte, Tadaski zu feuern. Zumindest würde man ihn für respekt- und geschmacklos halten. Hätten sie nur eine Krawatte gekauft!

Mittlerweile war man beim Dessert angekommen. Es gab Taiyaki, gefülltes Gebäck, und Yôkan, eine Süßspeise aus Azukibohnen, Stärke und Zucker.

Takahashi-san hob sein Glas und sprach davon, wie stolz er auf seine Mitarbeiter sei, und dass er auf ihre Produktivität und Kreativität auch weiterhin baue. Alle verbeugten sich. Es war Zeit zum Aufbruch.

Frau Takahashi half allen dabei, ihre Schuhe wiederzufinden, und gab Jacken aus. Sie standen jetzt im Eingangsbereich.

Jetzt oder nie! Haruka sah zum Esszimmer hinüber.

Niemand bemerkte sie. Alle waren damit beschäftigt, sich Mäntel und Jacken überzuziehen und sich angemessen zu verabschieden.

Leise schlich Haruka zurück ins Esszimmer. Tadaski sah ihr nervös hinterher.

Sie war wild entschlossen.

Aber der Schreibtisch war leer. Jemand hatte die Präsente weggeräumt. Suchend blickte sie sich um. Alle Geschenke lagen nun auf einer kleinen Truhe, am Kopf des Esstisches.

Lautlos schlich sie hinüber.

Gleich wäre das Problem gelöst. Sie würde das Päckchen unter ihrem Kleid verstecken können. Tadaski wäre sicher sehr erleichtert.

Sie streckte die Hand nach dem Päckchen aus, da raschelte es hinter ihr. »Suchen Sie Ihre Schuhe, junge Frau?« Die alte Haushaltshilfe war unbemerkt hinter sie getreten.

Haruka verbeugte sich hektisch. »Ja, verzeihen Sie … Ich … Danke!« Mit rotem Kopf verließ sie das Esszimmer.

Frau Takahashi kam ihr im Flur mit ihren Schuhen entgegen. Freundlich verabschiedeten sie sich, und zuletzt bedankte sich auch Takahashi-san für ihren Besuch und das Geschenk. Er klopfte Tadaski auf die

Schulter. »Sie leisten gute Arbeit. Ich bin sehr zufrieden.«

Zaghaft lächelte Tadaski. Das war der Ritterschlag.

Es begann zu regnen, als Haruka und Tadaski schweigend in Richtung U-Bahn liefen.

Im Hause Takahashi wurde aufgeräumt, und Takahashi-san packte die Geschenke aus.

Eine Krawatte von Susuma. Teure Zigarren von Daichi. Masaru hatte ihm eine teure Flasche Whiskey mitgebracht.

Zuletzt öffnete er das Päckchen von den jungen Leuten. Verwirrt drehte und wendete er die Klarsichtbox. Dann entnahm er das seltsame Ding und trat nachdenklich zu seiner Frau. »Hina, kore wa nan desu ka? Was ist das?« »Haben das Tadaski und seine Frau mitgebracht?« Sie schien ein Lächeln zu unterdrücken.

»Ja, was soll das sein?«, fragte Takahashi noch einmal. Seine Frau lächelte. »Das ist für deinen Nacken, mein Lieber. Nach einem anstrengenden Tag im Büro. Ein schönes Geschenk.«

KYÔIKU-MAMA

Sie war kurz eingenickt. Sie hatte sogar geträumt. Einen seltsam düsteren Traum, in dem ihr Baby aus den dunklen Wolken des Jenseits heraufgeholt worden war. Eine Hebamme in dunkelrotem Gewand brachte ein kleines Knäuel mit schwarzem Haar, und es schrie nicht. Dann war sie aufgewacht. Die Schwiegermutter hatte so etwas einmal erzählt. Vom Jenseits.

Mariko war erstaunt, dass es sich in ihr Unterbewusstsein gegraben und den Weg in ihren Traum gefunden hatte.

Der Haraobi drückte. Ein Geburtsgürtel, den die Schwiegermutter zu eng angelegt hatte. Eigentlich sollte der Haraobi den Bauch warm halten und unterstützen. Aber Mariko schwitzte. Es war Juli, sie war im fünften Monat schwanger, und der Gürtel drückte.

Sie war allein. Niemand würde bemerken, wenn sie ihn abnahm.

Die CD war zu Ende. Brahms. Da nickte sie immer

ein. Sie rollte leicht zur Seite. Streckte die geschwollenen Finger aus und nahm die nächste CD vom Stapel. Heute war Mittwoch. Nach Brahms kam amerikanische Musik der 60er- und 70er-Jahre. Joan Baez.

Es gab einen Plan. Seit fünf Monaten gab es einen Plan. Einen Bildungsplan für ihr ungeborenes Kind. Mariko und Keikô hatten ihn zusammen erstellt. Mithilfe von Büchern und des Internets hatten sie Listen mit wichtiger internationaler Literatur, Musik und Kunst erstellt.

Sie hatten französische und englische Sprach-CDs bestellt. Mariko aß weniger Fisch und mehr Udon.

Ihr Kind würde bereits vorgebildet geboren werden. Solche Bildungsvorteile waren wichtig in Japan. Jeden Tag spielte Mariko ihrem Bauch verschiedene CDs vor. Oder sie las selbst. Heute Abend würde sie von Kenzaburô Ôe lesen. Sie selbst hatte zuvor nie von dem Autor gehört. Aber Keikô fand, dass man einen japanischen Literaturnobelpreisträger unbedingt auf der Liste haben müsste.

Sie war müde. Joan Baez sang: »We shall overcome…«

In wenigen Stunden würde Keikô von der Arbeit nach Hause kommen. Dann wollten sie die Schulen besprechen. Dazu kamen die Schwiegereltern und ihre Mutter.

Ihr Vater war im letzten Jahr verstorben. Bei Babybesprechungen verließ ihre Mutter oft unvermittelt den warmen Kotatsu. Dann fand Mariko sie in der Küche. Dort weinte sie heimliche Tränen, weil der Vater das Baby nicht mehr erleben konnte. Ihre Mutter hatte damals nur die Grundschule besucht. Sie hatte sehr früh Kinder bekommen und war ihr Leben lang

Hausfrau gewesen. Mariko erinnerte sich an ein Bild aus ihrer Kindheit: ihre Mutter auf allen vieren im Flur. Mit Pantoffeln in der Hand den Vater erwartend. Ihre Mutter hatte die Kinder und die Finanzen gehütet. So wie viele Frauen ihres Alters in Japan.

Keikôs Mutter hatte nie eine Schule besucht. Sie stammte aus sehr wohlhabenden Verhältnissen und hatte zu Hause einen Privatlehrer gehabt. Obwohl man auf die Erziehung und Bildung eines Mädchens damals nicht viel Wert legte, hatte sie es zu einer eleganten Hausfrau gebracht, die nebenbei las, Ikebana beherrschte und Tonskulpturen schuf, die sie sogar verkaufte. Keikôs Vater war Ingenieur und wünschte sich diese Laufbahn auch für den Enkel.

Man ging allgemein davon aus, dass Mariko einen Jungen gebären würde.

Auf dem Ultraschall hatte man bisher kein Geschlecht erkennen können. Das kam selten vor, sagte die Ärztin. Jedes Mal aufs Neue gingen sie gespannt zum Ultraschalltermin. Und jedes Mal warteten die Eltern gespannt auf die Antwort. Doch immer zuckten sie mit den Schultern. Die Nabelschnur war im Weg, oder das Kind lag in einem ungünstigen Winkel.

Keikô hoffte ebenfalls auf einen Sohn. Er wollte mit ihm Baseball spielen und im Sommer fischen gehen. Mariko wusste, dass dies all die Dinge waren, die Keikô sich immer von seinem Vater gewünscht hatte. Vergeblich.

Mariko fühlte, dass es ein Mädchen war. Aber sie sagte nichts. Sie freute sich einfach.

Joan Baez folgte Jimi Hendrix, dann Janis Joplin. Mariko verstand die Worte nicht. Sie hatte nie Englisch gelernt. Auch die Musik klang etwas fremd, aber es gefiel ihr. Es war wichtig, diese Klassiker zu kennen, sagte Keikô.

Es war Zeit für einige Haiku. Sie nahm das schmale Gedichtbändchen vom Mittwochs-Buchstapel.

Ein Haiku ist eine Art dreizeiliges Gedicht. Eine kleine Situation, bei der sich der Leser oder Zuhörer das Davor und das Danach dazu vorstellen musste. Das erste Haiku war von Buson:

»Meine Nachbarn hassen mich:
Sie klappern mit ihren Pfannen
In der Winternacht.«

Mariko las es laut vor. Sie musste an ihren Großvater denken, der lange allein in den Bergen gelebt hatte. Er war einsam gestorben, hatte früher keinen Streit mit den Nachbarn ausgelassen, hatte sich ständig beschwert oder vor Wut Wasser vom Balkon gegossen.

Mariko hatte ihn nur wenige Male gesehen. Aber es wurde noch heute sehr oft von ihm gesprochen.

Das nächste Haiku war von Meisetsu. Mariko fand es romantisch:

»Eine Frau, ein Mönch –
Die Fähre glitt davon
Im Schneegestöber.«

Sie stellte sich die Frau wunderschön vor. Und den Mönch jung und voller unterdrückter Leidenschaft. Was würde geschehen auf der Fähre?

Sie selbst hatte Keikô im Fahrstuhl kennengelernt. Sie hatten im selben Gebäude gearbeitet. Unweit von Ginza. Jeden Tag waren sie sich begegnet. Mariko brachte Akten vom achten in den sechzehnten Stock, Keikôs kleines Büro lag im zwanzigsten Stock, er ging allerdings zum Kopieren in den siebzehnten Stock, weil dort die Schlangen am Kopierer kürzer waren. Irgendwann hatten sie sich zugenickt, dann gegrüßt.

Mariko hatte sich schon nach dem Aufstehen auf den Fahrstuhl gefreut.

Jetzt spürte sie das Kind. Es trat. Sie legte das Buch beiseite und rieb sanft den Bauch.

Vielleicht war es doch ein Junge? Wenn es ein Junge wäre, dann würden sie ihn Seiji oder Yohi nennen. Das war auch den Schwiegereltern recht. Marikos Mutter hatte sich Shinji gewünscht, den Namen ihres Vaters.

Wenn es ein Mädchen würde, dann würde sie Junko heißen, wie Junko Tabei, die Frau, die 1975 den Mount Everest bestiegen hatte. Da war sich Mariko ganz sicher. Keikô und seine Eltern fanden den Namen nicht besonders gut. Aber da man allgemein annahm, dass ein Sohn geboren werden würde, diskutierten sie nicht. Von Junko Tabei hatte Mariko bereits in der Grundschule gehört. Die Schüler hatten einen Aufsatz über die Bergsteigerin schreiben müssen. Sie war als Kind völlig fasziniert gewesen von einer Frau, die den höchsten Berg erklomm.

Heute Abend würden sie Schulen vergleichen, Schulgelder addieren und eventuell herausfinden, dass sie in den nächsten Jahren umziehen mussten, je nachdem, wo die Schulen für das Kind gelegen waren.

Mariko selbst hatte nur zwei Jahre im Kindergarten verbracht, da sich ihre Mutter für sie zu Hause Zeit genommen hatte. Nach der Grundschule war sie auf eine kleine staatliche Schule für Hauswirtschaft gegangen. Für eine Tandai, eine Frauenuniversität, hatte es nicht gereicht. Aber Mariko wusste, dass sie Kinder wollte und früh heiraten würde. Als Akademikerin hätte man von ihr erwartet, erst Karriere zu machen.

Auf der Schule hatte sie gelernt, auf der Schreibmaschine zu tippen, und einen Computerkurs gemacht. Sie hatte gleich eine Stelle in einem Verlag als Sekretärin bekommen. Und dann war Keikō im Aufzug erschienen.

Sie hatte gleich gewusst, dass er der Mann war, den sie heiraten würde. Er war höflich, lustig, ging gerne ins Kino und hörte ihr zu. Nach sechs Monaten hatte er bei ihrer Mutter um ihre Hand angehalten. Sie hatten zur Kirschblüte geheiratet. Eine kleine Hochzeit. Im Winter war Mariko schwanger geworden. Alle hatten sich gefreut. Und alle hatten mitgeholfen, den Plan zu erstellen, damit es ihr Baby gut haben würde. Und leichter im Leben.

Als sie im dritten Monat war, musste sie oft weinen. Der Plan strengte sie an. Keikō hatte zu ihr gesagt: »Willst du nicht, dass es unser Kind mal besser hat als wir? Wenn er erfolgreich wird, dann ist das auch für uns gut.« Dabei hatte er ihren Bauch gestreichelt. Seitdem weinte sie nicht mehr.

Sie lernte mit. Sie las Rilke, Voltaire, Shakespeare und Murakami. Beschrieb ihrem Bauch, wie die Mona Lisa lächelte oder wie sich van Goghs Sonnenblumen im Wind wiegten.

Sie lernte Business-English und französische Konversation. Sie schlief ein zu den Klängen von Wagner, Arvo Pärt, Bach, Chopin oder Mozart. Sie sah DVDs über fremde Länder, Inszenierungen des »Nussknackers« oder Dokumentationen über den Fall der Berliner Mauer. Mariko sah, las und hörte Dinge, die ihr bisher fremd gewesen waren. Sie kannte natürlich japanische Autoren und japanische Musik. Alles andere war bisher nie wichtig gewesen. Keikô schleppte jede Woche neue CDs, DVDs und Bücher heran.

Immer wenn ihre Freundin Rei donnerstags kam, staunte sie. Rei war ebenfalls schwanger. Im sechsten Monat. Auch Rei und ihr Mann lasen ihrem ungeborenen Kind vor. Allerdings bekam Rei ein Mädchen. Nachdem sie diese Neuigkeit erfahren hatten, war Reis Mann nicht mehr so interessiert an einem Lehrplan. Rei lieh sich deshalb oft CDs von Mariko und schrieb ihre Musiklisten ab. Morgen wollten die beiden Frauen zusammen nach Kinderwagen schauen.

Sie hörte ein leises Rascheln. Die Schwiegermutter war gekommen. Sie trug einen einfachen grünen Kimono und Hausschuhe.

Leise trat sie ein, verbeugte sich und fragte Mariko, ob sie Tee wolle.

Mariko verneinte. Sie zog den Haraobi zurecht. Es war besser, wenn Keikôs Mutter nicht mitbekam, dass sie ihn gelöst hatte. »Es wäre besser, du legst dich im anderen Zimmer auf die Heizdecke«, schlug die Schwiegermutter vor. »Keikô und sein Vater wollen hier gleich die Tafel aufbauen.«

Mariko verschwand mit einer kleinen Verbeugung hinter der Papiertrennwand.

Es war warm. Obwohl es bereits später Nachmittag war und das Licht immer schwächer wurde. Sie ignorierte die Heizdecke und legte sich einfach auf den Boden. Sie lag ganz ruhig. Spürte das Kind in sich. Dachte an all die Bücher, die es noch zu studieren gab. Fragte sich, wie das funktionieren sollte, dass das Kind im Bauch all das mitlernte. Ob es wirklich klüger würde. Die Familie glaubte es. Rei glaubte es.

Dann entschied sie, dass Kenzaburô Ôe warten müsse. Sie nickte ein.

Sie erwachte von den Stimmen im Nebenzimmer. Ihr Rücken schmerzte. Verwirrt stand sie auf. Im Wohnzimmer stand eine Tafel. Eine weiße Plastiktafel auf einem Ständer. Keikos Vater schrieb mit einem grünen Filzstift Zahlen darauf. Mariko erkannte Listen: Keiki Preschool – 120 000 Yen plus 38 000 Yen Gebühr, Aoyama Gakuin – dieser Kindergarten war durchgestrichen, Youga Elementary School, Tokio Gakkan Urayasu Senior Highschool, Metropolitan Kokusai Highschool.

Keikos Mutter hatte sie noch nicht bemerkt. Sie sprach lauter als sonst: »Die Gakkan Urayasu Senior Highschool hat einen eigenen Raum für die Teezeremonie. Das ist wichtig. Es ist gut, dass dort auch Tradition gelehrt wird.«

Marikos Mutter nickte still. Keiko bemerkte Mariko jetzt. Er kam zu ihr, rieb lächelnd ihren Bauch: »Na, wie geht es euch? Wir sind gerade bei den Highschools und Colleges.« Er flüsterte. Warum flüsterte er?

Mariko zeigte auf die Tafel: »Warum ist Aoyama Gakuin durchgestrichen? Ich dachte, der Kindergarten sei der beste?«

Alle schwiegen betreten. Die Schwiegermutter goss allen Tee nach. Der Schwiegervater ging in den Nebenraum. Keikô flüsterte: »Er ist zu teuer.« Der Aoyama Gakuin war ein Elitekindergarten mit Anbindung an die Aoyama-Gakuin-Universität. Wenn ein Kind in den Kindergarten aufgenommen wurde, durfte man auf eine vielversprechende akademische Laufbahn hoffen.

Mariko schämte sich. Sie war wütend gewesen, weil Keikô geflüstert hatte. Nun hatte sie ihn bloßgestellt.

Da kam der Schwiegervater mit einem kleinen Geigenkasten zurück. »Sieh mal, eine Überraschung für den Enkel!« Alle lächelten jetzt. Eine Minigeige für das ungeborene Kind. Keikô bedankte sich bei seinem Vater, auch Mariko verbeugte sich. Ein ehemaliger Arbeitskollege habe ihm die Geige verkauft, erzählte der Schwiegervater. Sie brachte die Geige in die Abstellkammer. Dort lag bereits ein Fußball, es gab einen alten Weltatlas von ihrem Vater, ein kleines Fahrrad von den Nachbarn und eine kaum getragene Schuluniform für Jungen.

Ihre Mutter brachte Suppe und Oden. Während Keikôs Vater Listen an die Tafel schrieb, die Schwiegermutter Berechnungen von Schulgeldern anstellte, Keiko Männchen auf einen Notizblock malte und hin und wieder Fragen stellte und ihre Mutter schweigend zuhörte, nickte Mariko wieder ein. Sie träumte. Von Junko Tabei. Eine rotbackige, vitale Frau, winkend auf einem Gipfel. Mount Everest. Die Sonne scheint. Junko ruft ihren Namen: Maaariko-san! und lacht dazu.

Donnerstag. Der Tag begann mit Yoga für Schwangere. Mariko aß Suppe mit Udon. Ihre Mutter hatte sie gestern extra für sie vorbereitet. Dann lernten sie und das Baby eine Stunde Englisch. »How did you enjoy the trip? – I enjoyed the trip very much, thank you. I hope to return to Tokio soon.« Danach war Französisch an der Reihe. Mariko liebte den verspielten Klang der Sprache. Sie wollte unbedingt Paris besuchen. »Bienvenue à Paris! – Willkommen in Paris! Je cherche la Tour Eiffel. – Ich suche den Eiffelturm.

Elle est là-bas, ma fille! – Er ist dort, mein Mädchen!«
Fast sang sie die Worte. Keikô war auf der Arbeit, und
da Rei am frühen Nachmittag zu Besuch kommen
würde, ließen sich auch die Schwiegereltern nicht
blicken. Sie liebte die Donnerstage.

Rei sah aus wie ein kleiner Kugelfisch. Sie war nicht
besonders groß und trotz ihres riesigen Bauches sehr
dünn geblieben. Sie hatte Schokolade mitgebracht.

Rei erzählte von ihrer neuen Vorliebe für Azukibohnenpüree. Sie habe Schwierigkeiten zu schlafen, sagte
sie.

Sie gab Mariko Shakespeares *Was ihr wollt* zurück.
»Ich verstehe das nicht«, gab sie zu. »Dann wird es
mein Baby wohl auch nicht verstehen, oder?« Sie
kicherte.

Während Mariko Tee aufsetzte, schaute Rei bewundernd die CD-Stapel an. »Hast du heute bereits Englisch gemacht? Sag, wisst ihr denn jetzt, ob es ein
Junge wird? Wart ihr nicht beim Ultraschall?«

Mariko stellte das Tablett ab: »Nein. Wir gehen
morgen wieder! Aber ich glaube, es wird ein Mädchen!« Rei blickte sie erschrocken an. »*Was?*...Und...
was machst du jetzt?«

Mariko lächelte: »Ich freue mich darauf. Sie wird
Junko heißen.« Mariko sprach leise. Rei sah besorgt
aus.

Still aßen sie Schokolade. Dann nahmen sie ein
Taxi in die Stadt. Es gab viele, zu viele verschiedene
Kinderwagen, fand Mariko. Rei stöhnte über die
Preise. Sie und ihr Mann hatten weniger Geld und Unterstützung als Mariko und Keikô. Heimlich merkte
sich Mariko einen mit Blüten bedruckten Wagen mit
pinkfarbenem Sonnenschutz. Für Junko.

Rei war müde. Also fuhren sie nach Hause. Zum Abschied drückte Rei ihre Hand: »Und, hast du es Keikô schon gesagt?«

Mariko schüttelte lächelnd den Kopf.

Freitag. Keikô wartete draußen. Die Gynäkologin gab ihr einige Papierhandtücher, um das Ultraschallgel vom Bauch zu wischen. Sie verbeugte sich zum Abschied: »Alles Gute! Wir sehen uns in zwei Wochen wieder!«

Keikô sprang auf, als sie den Gang herunterkam.

»Und?« Mariko zögerte. Dann schüttelte sie den Kopf. »Man konnte wieder nichts sehen. Die Nabelschnur ...«

Keikô ließ die Schultern hängen.

Die Eltern und ihre Mutter warteten bereits gespannt vor dem Gebäude. Keikô seufzte. Als sein Vater erwartungsfroh auf sie zukam, schüttelte er nur den Kopf.

Niemand sagte etwas. Die beiden Großmütter gingen in die Küche, um das Abendessen vorzubereiten, Keiko setzte sich zur abendlichen Recherche ans Internet, und sein Vater kniete sich vor den kleinen Schrein und betete für einen Jungen.

Mariko zog sich zurück. In ihrem Zimmer war es still. Letzte Sonnenstrahlen schienen durch die zarten Vorhänge. Jetzt bewegte sich das Baby in ihrem Bauch. Sie musste lächeln. Im Schrank fand sie ihren kostbarsten Kimono. Einen Hômongi aus Seide, verziert mit Stickereien. Ein Geschenk ihrer Mutter. Als Mariko geboren wurde, war der Hômongi ein Geschenk des Vaters an die Mutter gewesen. Er hatte sich damals sehr über die Tochter gefreut. Ihr Vater war mit fünf Brüdern aufgewachsen.

Es dauerte eine Weile, den Kimono anzulegen. Der Seidenstoff verrutschte, weil sie den Gürtel nicht fest schnüren konnte. Mariko puderte ihr Gesicht und steckte das Haar hoch. Dann sah sie sich im Spiegel an. Eine schöne, stolze Frau mit einem großen, runden Bauch. Das Gelb und Orange des Kimonos leuchteten. Sie rieb sich sanft den Bauch und sagte leise zu ihrem Spiegelbild: »Welcome, little Junko! Bienvenue, ma fille!«

Dann ging sie zum Essen.

WELCOME HOME, MASTER!

Die Tür des Cafés schwang weit auf, und ein kalter Luftzug fegte herein. Sie trug heute das Rotkäppchenkostüm, dessen roter Faltenrock besonders kurz war. Ihre Beine waren nackt, und es fröstelte sie. Sie trug keine Strumpfhosen.

Ihre Haut war blass, fast durchsichtig. Überall zogen sich zarte Venen über die Oberschenkel.

Sonst trug sie immer weiße Strumpfhosen. Eigentlich war das Prinzessinnen-Outfit oder die French-Maid ihr Kostüm. Dazu trug sie viel Make-up. Puppengleiche pinke Wangen auf weißer Haut, kirschrotes Lipgloss und falsche Wimpern.

Miko, der Manager, hatte letzten Monat vier zusätzliche Mädchen eingestellt, deshalb gab es jetzt oft ein Durcheinander mit den Kostümen. Die Mädchen, die zuerst da waren, hatten die größte Auswahl. Das Rotkäppchenkostüm war ihr eine Nummer zu klein.

Das Café lag in einer kleinen Seitenstraße in Akihabara. Dennoch ging es recht lebhaft zu. Oft kamen

Leute spontan, viele reservierten zum Lunch oder Dinner. Der Vorhang vor der Eingangstür bewegte sich, und die Glocke klingelte. Sechs Männer traten ein. Dies war die letzte Gruppe für heute.

Miyu sah sich um: Akako, Iku, Mariko, Reiko und Yumi waren frei. Sie war die Chefhostess heute Abend und teilte die Mädchen ein. Zusätzlich musste sie auch die Gäste bedienen.

Die Herren traten ein. Sie winkte die Mädchen heran. Dann setzte sie selbst ein strahlendes Lächeln auf, rief: »Welcome home, masters!« und verbeugte sich tief. Die anderen Mädchen eilten hinzu. »Welcome home, masters!«, riefen sie schon von Weitem und klangen dabei wie Teenager. Ein pinkfarbenes Bunnyhäschen, eine Polizistin, eine French-Maid, ein Törtchen und ein Totoromädchen waren es heute.

Die Männer verbeugten sich. Sie wirkten müde. Es war Donnerstag, sie hatten sicher einen Vierzehn-Stunden-Arbeitstag hinter sich.

Die Mädchen nahmen ihnen die Jacken ab, und Miyu führte die Gruppe an den reservierten Tisch. Im »Kitty Kat« gab es noch traditionelle Kotatsu, niedrige Tische mit einer kleinen Heizung darunter. Die Gäste zogen ihre Schuhe aus und saßen auf Tatamimatten. So fühlten sie sich fast wie zu Hause. Es gab sechs Tische, drei größere und drei kleinere. Die Wände waren pink und weiß gestrichen, und es gab fast lebensgroße Bilder von den Mädchen in ihren Kostümen. Die hatte Keikô, ein Freund von Miko, letzten Sommer gemalt. Keikô arbeitete als Cartoonist und hatte die Bilder der Mädchen eine Woche lang an die Wände gemalt. Miyu war im Prinzessinnenkostüm abgebildet.

Die Männer legten ihre Aktentaschen ab und fanden eine Sitzordnung. Es wurde Sake eingeschenkt, und Akako und Mariko servierten Häppchen.

Miyu war müde. Sie überprüfte im Umkleideraum ihr Make-up, zog den Eyeliner nach und sah auf die Uhr. Es war fast zehn. Bald würden sie schließen.

Das letzte Jahr hatte sie nur gearbeitet. Fünf Tage die Woche hier im »Kitty Kat Maid Café«, und an den Wochenenden arbeitete sie nachts, aber darüber sprach sie nicht. Nur ihre Schwester Haruka wusste Bescheid. Alle anderen beäugten sie misstrauisch und wunderten sich, woher Miyu das viele Geld hatte. Natürlich fragte niemand sie danach.

Sie hatte sich seit Anfang des Jahres sogar eine Zweizimmerwohnung im Zentrum geleistet, in Shinjuku. Es gab für solche Wohnungen eine Lotterie oder eine lange Warteliste, aber Miyu kannte den Immobilienmakler aus dem Stripclub und hatte die Wohnung sofort bekommen. Eigentlich verbrachte sie kaum Zeit dort.

Die Männer hatten den Sake ausgetrunken und lachten mit den Mädchen. Reiko, heute im Häschenkostüm, sang ein Kinderlied vor. Es wurde geklatscht.

Miyu musste lächeln. Das Kinderlied funktionierte immer. Da schmolzen die Männer dahin. Gleichzeitig war es ihr geheimes Zeichen, dass die gebuchte Zeit bald abgelaufen war.

Nun würden sie bald gehen.

Die Arbeit im »Kitty Kat« machte ihr Spaß. Fünf Tage die Woche verkleidete sie sich, unterhielt müde Männer, die aus dem Büro kamen, einsame Männer, die sich unterhalten wollten, spielte Brettspiele mit älteren Herren, deren Frauen gestorben waren, fütterte abenteuerlustige Junggesellen mit Sushi und war immer mit netten Mädchen zusammen. Die Leute, die hierherkamen, waren oft weniger konservativ als die meisten anderen Tokioter. Sie kamen, um Spaß zu haben, und waren oft ausgelassen.

Das letzte Jahr war schnell vergangen. Den Bürojob hatte sie nicht vermisst. Sie war voller Zuversicht gewesen. Sie verdiente viel Geld, und sie hatte viele neue Freundinnen gefunden. Keine engen Freundinnen. Aber Freundinnen auf der Arbeit. Miyu war ausgelassen mit ihnen. Fast alle waren allein wie sie. Fast alle wünschten sich, was sie sich wünschte.

Vieles war schnell Routine geworden. Miyu hätte nie gedacht, dass selbst Spaß und Ausgelassenheit Routine werden könnten. In dem Büro, in dem sie bis vor zwei Jahren gearbeitet hatte, war die Arbeit eintönig und die Kollegen still und ehrgeizig gewesen. Man war sich fremd.

Jetzt war ihr Leben abenteuerlicher, bunter. Freitag und Samstag arbeitete sie im »Blondy«, nachts. Tagsüber schlief sie.

Eine Freundin hatte sie zum Casting mitgenommen, und sie hatten Miyu sofort eingestellt. Mit ihrer hochgewachsenen Statur und den langen blonden Haaren fiel sie unter den anderen Japanerinnen auf. Lady Nippon, den Namen hatte ihr der Manager gegeben. Er versicherte, das fänden die Ausländer gut.

Das »Blondy« war immer voll. Viele Businessmen, im Anzug mit Krawatte, einige Europäer und ein paar aufgeregte Schulabgänger machten das Publikum aus. Die Flasche Champagner kostete fast 60 000 Yen, etwa 500 Euro. Das garantiere »gehobenes Publikum«, behauptete Yonchi, der Manager. Meistens arbeiteten sie zu fünft oder zu sechst. Die Mädchen, die gerade nicht tanzten, standen leicht bekleidet an der Bar oder unterhielten sich mit den Gästen. Sie musste vier- bis sechsmal tanzen und strippen. Danach war sie erschöpft. Sex gab es nicht. Wenn sie im Morgengrauen fertig war, ging sie durch die Hintertür. Der Club lag in Roppongi, da hatte sie es nicht weit zu ihrem Apartment in Shinjuku.

Sie zählte jetzt das Geld in der Kasse, allerdings musste sie noch auf die letzten Gäste warten. Am letzten Tisch wurde jetzt lauter gelacht. Der Sake tat seine Wirkung. Die Gesichter der Männer waren gerötet. Alle waren Anfang vierzig, Businessmen. Mit losen Krawatten, weißen Hemden und schwarzen Anzügen. Alle hatten denselben Haarschnitt, alle tranken dasselbe Bier, und sie konnte ihr Lachen nicht voneinander unterscheiden. Der Älteste von ihnen zahlte.

Würde so ihr späterer Mann aussehen? Sie versuchte, es sich vorzustellen. Sie stellte sich einen Mann mit angenehmer Stimme vor. Der gut roch. Jemanden, der schon die Welt gesehen hatte und Französisch sprach.

Ihre Schwester hatte vor einem Jahr geheiratet. Miyu hatte sie beneidet damals. Harukas Mann schien der beste Freund seiner Frau zu sein, manchmal wirkten sie sogar ein bisschen wie Geschwister. Sie waren sehr innig miteinander. Miyu hatte das Gefühl, dass sie glücklich waren.

Zu ihrer Hochzeit war sie zu spät gekommen. In der Nacht zuvor hatte sie im »Blondy« gearbeitet und am frühen Morgen den Zug nehmen müssen. Haruka und Tadaski hatten in Kyoto, bei den Eltern, geheiratet.

Miyu hatte sich den Kimono beim Friseur in Kyoto anziehen lassen. Dann war sie mit kleinen Schritten weitergeeilt.

Sie besaß nicht viele Erinnerungen an ihre Kindheit in Kyoto und kannte sich dort kaum noch aus. So fand sie den kleinen Shintô-Schrein nicht gleich und kam zu spät. Sie musste am Tisch mit den alten Tanten sitzen, deren Männer alle verstorben waren. Sie sprachen viel von Krankheiten und wie gut die Luft auf dem Land war. Plötzlich war Miyu traurig geworden.

Am späten Abend, bei der Party, hatte sie Shido getroffen. Als Kinder hatten sie zusammen gespielt. Shido saß ebenfalls abseits. Miyu wusste nicht, dass er ein entfernter Freund von Tadaski war. Zuerst erkannte er sie nicht. »Die kleine Miyu? Oh, das gibt es ja nicht!« Er freute sich, sie wiederzusehen. Sein Lachen erinnerte Miyu an die Zeit, als sie Kinder waren. Shido war wild und frech gewesen. Schon damals hatte er immer laut gelacht.

Mittlerweile war er sehr dick geworden, er fuhr für ein Kaufhaus Ware aus. Familie hatte er nicht. Shido trank sehr viel. Irgendwann trank sie mit. Sie vergaßen die Hochzeit. Er erzählte ihr Anekdoten aus ihrer Kinderzeit. Wie er als Fünfjähriger mit Miyu gerauft und ihr Kleid zerrissen hatte. Miyu hatte heulend, nur in Unterwäsche und mit dem Fetzenkleid unter dem Arm, dagestanden. Da hatte ihnen die Nachbarin ein paar Mochibällchen zugesteckt, und die beiden hatten friedlich weitergespielt. Noch Jahre später war Miyu mit dem Vorfall geneckt worden. Miyu hatte die Geschichte fast vergessen.

Shido konnte lustig erzählen, und sie lachte so laut, dass die alten Tanten die Stirn runzelten. Erst als sie irgendwann aufstand, merkte sie, wie betrunken sie war. Der Kimono saß eng, sie verlor das Gleichgewicht und fiel hin. Seitdem sprach ihr Vater nicht mehr mit ihr.

Es wurde für einen Moment kalt, und der Durchzug ließ Miyu zusammenzucken. Die Männer waren gegangen. Kaum schlug die Tür hinter ihnen zu, schlüpften die Mädchen aus ihren Kostümen und griffen zu ihren Handys.

Reiko und Yumi räumten auf, die anderen zogen sich um, und Miyu schloss die Tür ab. Sie gähnte. Morgen würde sie ausschlafen. Sie hängte das Rotkäppchenkostüm über den Bügel und hoffte, morgen wieder die Prinzessin sein zu können.

Draußen war es windig und kalt. Sie ging zusammen mit Reiko zur U-Bahn. Akihabara war trotz der späten Stunde sehr belebt. Es gab einige Geschäfte hier in »Electric Town«, die vierundzwanzig Stunden geöffnet hatten. Obwohl sie müde war, ging sie noch mit Reiko ins Kaufhaus an der U-Bahn, Reiko musste Batterien kaufen.

Während Reiko müde die Regale abschritt, überlegte Miyu, was sie diese Woche an ihrem freien Nachmittag machen wollte. In der wenigen freien Zeit kümmerte sie sich eigentlich immer um ihre Wohnung und ihr Äußeres. Maniküre und Pediküre waren wichtig, das Nachblondieren der Haare, sie ging ins Fitnessstudio und zur Massage, sie achtete darauf, was sie aß, und kaufte modische Kleidung. Viel freie Zeit blieb nicht. Das Leben war hektisch und schnell.

Vielleicht würde sie ihre Schwester treffen.

Die blinkenden Lichter und die laute Musik, die aus

allen Boxen quoll, ließen sie kalt. Sie lehnte sich an einen Hi-Fi-Turm und hielt nach Reiko Ausschau. Ihr Magen knurrte, sie hatte den ganzen Tag fast nichts gegessen.

»Miyu, vergiss nicht, du hast morgen die frühe Schicht!« Reiko stand mit einer kleinen Tüte hinter ihr.

Fast hatte sie vergessen, dass sie mit Mariko die Schicht getauscht hatte. Das bedeutete, dass sie morgen um neun im Café sein musste. Sie seufzte und fühlte sich müde. In der U-Bahn schlief sie kurz ein.

Kaum war sie in ihrem Apartment angekommen, zog sie Schuhe und Jacke aus und fiel aufs Bett. Ihr Kopf schmerzte leicht. Sie würde noch ein bisschen lesen.

Müde rieb sie sich das Gesicht. Eigentlich musste sie sich abschminken.

Sie würde nur kurz die Augen schließen.

»Ich muss etwas essen«, dachte sie.

Dann war sie eingeschlafen.

Auf einem kleinen Porzellanteller vor ihr türmten sich Gebäck, Törtchen, Erdbeer-Daifuku, gezuckerte Kartoffeln, pinkfarbene Kushidango-Klößchen und obenauf eine knallrote, kandierte Kirsche. Sie entschied sich für die Erdbeer-Daifuku. Selten hatte sie etwas so Köstliches gegessen. Der Teig war luftig und die Erdbeeren süß und saftig. Dann kostete sie aus einer Schale mit Grünem-Tee-Eis, die eine Kellnerin lächelnd vor ihr abgestellt hatte. War sie im »Dessert Kingdom«, einer Restaurantkette, die sie zuletzt als Kind besucht hatte?

Miyu war warm. Sie fühlte sich etwas schläfrig vielleicht. Die Familie am Nebentisch lächelte ihr zu. Alle waren heute so nett zu ihr.

Obwohl sie bereits drei Erdbeer-Daifuku und diverse Cream puffs gegessen hatte, war Miyu nicht satt. Sie konnte nicht aufhören zu essen, es schmeckte zu köstlich. Sobald sie geschluckt hatte, schienen sie sich in Luft aufzulösen. Sie konnte endlos so weiteressen. Ihr Magen schien sich nicht zu füllen. Die Kellnerinnen trugen hübsche orange-weiß gestreifte Kleider mit weißer Schürze und Puffärmeln. Alle schienen vergnügt und sorglos. Miyu summte leise »Hanami«, das Lied, das die Kirschblüte besang.

Als sie die Hand nach einem weiteren Cream puff ausstreckte, lag stattdessen ein Keks, der ein lachendes Gesicht aus Schokolade hatte, vor ihr.

Er zwinkerte ihr zu und flüsterte: »Miyu, zu Hause wartet doch jemand auf dich!«

Miyu stand auf und ließ die restlichen Törtchen einfach stehen. Sie schob die Tür auf und war plötzlich barfuß. Der Boden unter ihren Füßen war warm, und Miyu bemerkte, dass sie auf knorrigem Holz stand. Wie war das möglich? Sie sah genauer hin und erschrak: Vor ihr lag ein überdimensionales Zimmer. Eine Art Landhaus, sehr gemütlich. So, wie Miyu es sich immer gewünscht hatte. Und sie selbst stand in einem Astloch der Deckenbalken. Miyu zögerte. Um sich zu vergewissern, ging sie langsam wieder in das Restaurant zurück. Seltsamerweise war vom »Dessert Kingdom« nun nichts mehr zu sehen. Dabei war sie doch eben durch diese Tür gegangen?

Wohlige Wärme schlug ihr entgegen. Sie stand mitten in einem gemütlichen Wohnzimmer. Es roch nach würzigem Tee, und Miyu wurde angenehm schläfrig beim Anblick der gemütlichen Couch, auf der weiche, bunte Kissen lagen. Sie hatte das Gefühl, zu Hause zu sein. Auf dem Couchtisch lag ihr Schlüsselbund mit den vielen Anhängern und Glücksbringern. Verwundert nahm Miyu ihn in die Hand. Wie konnte das sein?

»Da bist du ja!« Eine weiche Männerstimme klang vom anderen Ende des Raumes herüber. Ein hochgewachsener Mann, etwas älter als sie, kam auf sie zu. Er sah gut aus. Er schien hier zu wohnen. Er trug Jeans und Hausschuhe. Miyu lächelte ihn an. Der Mann lächelte zurück. Miyu kannte den Mann nicht. Wie konnte er ihr dennoch so vertraut sein? Sie konnte nicht sprechen, sie war zu müde.

Wie selbstverständlich zog sie ihre Schuhe aus und legte sich auf die Couch.

»Magst du Tee?«, fragte der Mann. Miyu starrte ihn an. Nein, sie kannte ihn nicht, aber das Gefühl von Vertrautheit war überwältigend. Er roch gut. Er lachte sie an und begann, sanft ihre Füße zu massieren. Irgendwo klingelte ein Telefon. Sie erwachte ruckartig.

Es war sehr hell in ihrem kleinen Schlafzimmer. Grelle Sonnenstrahlen fielen durch die verbogenen Lamellen des Rollos. Miyu war vollständig bekleidet. Verwirrt griff sie hinter sich, sie hatte auf ihrem Buch gelegen, einige Seiten waren verknickt.

Wieder klingelte ihr Telefon.

Es war Reiko. »Miyu, wo steckst du?«, fragte sie aufgeregt.

Jetzt war Miyu hellwach. »Miyu, es ist fast elf Uhr! Wo bleibst du? Wir versuchen seit neun Uhr, dich zu erreichen!«

Miyu sprang auf, putzte sich schnell die Zähne, zog sich frische Jeans und ein T-Shirt über, griff ihre Handtasche und rief ein Taxi. Für die U-Bahn war keine Zeit mehr.

Im Taxi war der Traum noch ganz lebendig. Sie versuchte sich an Details zu erinnern. An das Gesicht des Mannes.

Im Café herrschte schon Betrieb. Die ersten Mittagsgäste kamen. Miyu stürzte in die Umkleidekabine. Es war nur noch das Polizistinnenkostüm übrig. Zum Glück passte es ihr. Sie trug kein Make-up, band ihr Haar zu einem strengen Knoten zusammen und betrachtete sich im Spiegel: Sie sah anders aus als sonst. Ungeschminkt, im eher schlichten Kostüm. Miyu mochte die Polizeiuniform eigentlich nicht besonders. Sie war ihr zu konservativ. Dunkelblaue Hosen, dunkelblaues Hemd mit Abnähern. Dazu einen Gummiknüppel am Gürtel. Aber ohne Make-up, mit dem strengen Haarknoten sah sie irgendwie echt aus, wie eine Polizistin.

Yumi, die Prinzessin, steckte den Kopf durch die Tür: »Bist du fertig? Die nächste Gruppe ist da!«

Die Polizistin empfing die Gruppe mit einem fröhlichen »Welcome home, masters!«. Fünf Herren im Anzug stellten ihre Aktenkoffer ab und verbeugten sich. Miyu führte sie zum Tisch und reichte Mittagsmenüs. »Wenn alle Politessen so hübsch wären, würde ich mich gerne verhaften lassen«, scherzte der Älteste. Miyu verbeugte sich lächelnd.

Dann eilte sie zum Tresen. Sie hatte noch keinen Blick in die Reservierungsliste werfen können.

Fast wäre sie mit dem jungen Mann zusammengestoßen.

»Oh, Verzeihung!« Er verbeugte sich tief. Sein langes Haar hing ihm wirr ins Gesicht. Er sah gehetzt aus. »Verzeihung, ich hatte verschlafen... ich bin zu spät!« Er trug nur Jeans und Sweatshirt, und Miyu musste lachen.

»Das war ich heute auch!« Dann besann sie sich: »Welcome home, master!«

Er schaute kurz irritiert und lachte dann. »Ach ja... danke. Ich bin hier mit meinem Bruder und seinen Arbeitskollegen verabredet. Herr Shimuzu.«

Miyu sah in der Reservierungsliste nach. Der junge Mann gehörte zu der Gruppe Anzugträger, die sie gerade an ihren Platz geführt hatte. Während sie in die Liste schaute, spürte sie, wie der Mann sie ruhig ansah. Er stand nah bei ihr, ein bisschen zu nah fast. Aber es störte sie nicht.

Er wurde mit großem Hallo begrüßt. Die Männer bestellten Sake und Kirin.

Akako und Yumi kümmerten sich um die Bestellungen. Akako trug heute ein »Gothic maid«-Kostüm. Ein schwarzes Rüschenkleid mit Petticoat, dazu ein schwarzes Schürzchen mit passender schwarzer Rüschenhaube. Yumi war in einen hellrosa Petticoat gehüllt. Darüber ein langes weißes Kleid, weiße Spitzenhandschuhe und ein Krönchen. Miyus Lieblingsoutfit, die Prinzessin.

Auf der Toilette betrachtete sie sich im Spiegel. Strich das dunkelblaue Hemd glatt und richtete das Barett. Sie sah trotz des konservativen Kostüms jünger aus als sonst. Ihre Wangen schimmerten rosig. Ihre Wimpern waren lang, und sie gefiel sich auch ohne Wimperntusche. Der Mann. Der Mann aus dem Traum. Er ging ihr nicht aus dem Kopf. Mittlerweile erinnerte sie sich nur noch daran, dass er angenehm gerochen hatte. An sein Gesicht erinnerte sie sich nicht. Ob es möglich war, heute Nacht zu dem Traum zurückzukehren?

Sie musste lächeln.

»Entschuldigung?« Der junge Mann mit den langen Haaren stand suchend an der Theke. Er verbeugte sich. »Verzeihung, dürfte ich kurz Ihr Telefon benutzen, bitte?« Sie zeigte ihm den Apparat.

Er wählte hektisch. Sie beobachtete ihn verstohlen. Er schien in Sorge. Er sprach nur kurz. Seine Stimme klang ruhig. Er schien jemanden zu beschwichtigen. »Mach dir keine Sorgen. Ich werde da sein. Alles wird gut.«

Miyu stand in Hörweite. Seine Stimme war sanft und tief. Die Worte waren für jemand anderen bestimmt. Dennoch hatten sie eine Wirkung auf Miyu.

Er beendete das Telefonat, und sie führte ihn an den Tisch zurück. Herr Shimuzu schien beschwipst. »Junge Dame, mein Bruder hier ist ein Kollege von Ihnen!« Die anderen Männer lachten laut. Miyu lächelte und sah zu Boden. Der junge Mann schien ebenfalls beschämt.

Reiko brachte eine neue Runde Sake. Miyu verbeugte sich schnell und ging zum Tresen zurück. Sie musste noch den Lieferanten anrufen. Sie suchte die Lieferliste. Am Tisch wurde oft gelacht. Es gab Scherze. Aber eben hatte sie sich entblößt gefühlt.

Dann klingelte ihr Handy. Es war Haruka. Sie wollte Miyu spontan von der Arbeit abholen. Miyu erzählte ihr, dass sie verschlafen hatte.

»Du arbeitest zu viel!« Haruka klang streng. Miyu wollte ihrer Schwester von dem Traum erzählen. Haruka glaubte an Omen. Bevor sie Tadaski getroffen hatte, hatte sie in einem Traum Männerschuhe vor ihrer Tür stehen sehen. Tadaski hatte bei der Dinnerparty, auf der sie sich begegnet waren, genau solche Schuhe getragen. Natürlich hatte Haruka das erst nach dem Essen erfahren. Nachdem die beiden sich drei Stunden lang unterhalten hatten. Auf Socken.

Jetzt tauchte der junge Mann wieder auf. Er schien etwas fragen zu wollen. Als er bemerkte, dass sie am Telefon sprach, zog er sich entschuldigend zurück.

Er hat schöne Augen, dachte sie.

»Miyu! Bist du noch dran?« Haruka klang ungeduldig.

»Entschuldige, ich kann jetzt nicht. Heute Abend ist schlecht. Verzeih. Ich rufe dich nachher an!« Miyu hörte ihr nicht zu. Der junge Mann hatte sich wieder hingesetzt. Sie überlegte, was er gewollt haben könnte. Es war ruhiger geworden im Café. Alle Tische waren versorgt.

Miyu begann die Zeitschriften und Magazine zu ordnen. Sie fühlte sich leicht. Normalerweise hatte sie dieses Gefühl nur zur Kirschblüte. Wenn Tokio in zarten rosa Blüten versank. Wenn alle Menschen im Gras saßen und sich in den Frühling verliebten. Ein Gefühl aus der Kindheit. Ein sorgloses Mädchen mit Prinzessinnenkrönchen, in einem Regen aus blassrosa Blüten.

»Verzeihung.« Der junge Mann verbeugte sich tief. »Verzeihen Sie, wenn mein Bruder Sie beschämt hat. Er hat etwas zu viel getrunken.« Er lächelte entschuldigend. »Mein Name ist Seiji. Ich … ich bin Polizist. Deshalb …«

Miyu lachte hinter vorgehaltener Hand. »Das ist

wirklich lustig. Dann ... sind wir fast so was wie Kollegen!« Seiji schien erleichtert. Sie blickte sich um. Die anderen Mädchen waren beschäftigt. »Ich bin Miyu.« Sie verbeugte sich leicht und sah ihn nicht an. Aber sie spürte seinen Blick. Ihr wurde warm. Unangenehm war es nicht. »Möchten Sie noch einmal das Telefon benutzen?« Er räusperte sich. »Das ist nicht nötig. Danke.« Er stand nun einfach da.

Wie seltsam die Situation war: Zwei Polizisten standen sich gegenüber. In Zivil und in Uniform.

»Meine Mutter ist krank. Ich wollte nur kurz im Krankenhaus anrufen.« Er sprach jetzt leise.

Sie sah ihn an. Sein Gesicht war nett. Nein, es war schön. Er blickte ruhig zurück. Sein Blick klar und unverstellt. In seinen Augen lag etwas Sanftes und Trauriges. Er lächelte. Es war, als würde sich das Café in Luft auflösen, der Moment dauerte eine Ewigkeit. Er schien es auch zu spüren.

Erstaunt öffnete er den Mund, um etwas zu sagen, und schloss ihn wieder. Dann musste er lachen. Miyu lachte mit ihm. Ohne die Hand vor den Mund zu halten. Er schüttelte lächelnd den Kopf und zuckte mit den Schultern. So, als wisse er den Moment auch nicht zu erklären.

»Miyu!« Akako eilte mit einem Eimer auf sie zu. Entschuldigend verbeugte sie sich kurz vor Seiji.

»Verzeih ... am Tisch fünf ist eine Karaffe Sake zerbrochen. Weißt du, wo das Kehrblech ist?«

Der Moment war vorüber.

Seiji nickte ihr kurz zu und ging an den Tisch zurück.

Miyu spürte den Durchzug, sie suchte in der Abstellkammer nach dem Kehrblech. Als sie mit leeren Händen zurückkam, hatten Akako und Yumi schon alles aufgewischt. Der Tisch des Herrn Shimuzu, an dem Seiji gesessen hatte, war leer. Die Gäste waren bereits gegangen. Einen Moment lang stand sie da und starrte auf den leeren Tisch. Wartete auf ein Zeichen.

Den Rest des Tages wurde Miyu das Gefühl nicht los, die Begegnung mit Seiji sei Teil ihres Traums gewesen.

Fast, als hätte sie ihn sich nur eingebildet. Ihr Apartment war seltsam still. Sie stellte Musik an und versuchte zu lesen. Mit dem Buch in der Hand schlief sie ein. Auf der Couch. Es war ein traumloser Schlaf. Beim Aufwachen dachte sie an Seiji. War er vielleicht verheiratet? Das konnte nicht sein, er hatte sie zu lange angesehen.

Sie aß Suppe zum Frühstück und trank Tee. Dann wusch sie das Geschirr ab. Lange betrachtete sie ihre Hände. Stellte sich einen Ehering an der blassen Hand vor.

Sie musste sich die Nägel machen lassen. Es gab ein kleines Nagelstudio um die Ecke. Sie ging zu Fuß dorthin. Es herrschte großer Betrieb. Der scharfe Geruch von Aceton trieb ihr fast die Tränen in die Augen. Einige Damen blätterten in Magazinen, es wurde geplaudert, die Jüngeren sprachen in ihre Handys. Miyu liebte die Atmosphäre in dem Studio.

Frau Shu bediente sie. »Welche Freude, Sie zu sehen!« Die ältere Dame lachte und tätschelte ihren Arm. »Sie werden immer dünner!« Frau Shu hatte eine Tochter in ihrem Alter, die einen Italiener geheiratet hatte und in Lecce lebte, ganz im Süden Italiens. Frau Shu vermisste sie sehr.

Miyus Handy vibrierte. Eine SMS von Haruka: »Ich komme um 20h zu Dir! Keine Ausreden!«

Sie seufzte. Gut. Dann würde sie Haruka heute mit ins »Blondy« nehmen. Normalerweise hätte sie protestiert. Aber heute war etwas anders. Es regte sich kein Widerstand in ihr. Sie fühlte sich weicher. Zarter.

Sie brannte darauf, Haruka alles zu erzählen.

Um fünf vor acht stand ihre Schwester mit geröteten Wangen und dampfenden Gyôza vor ihrer Tür. »Ich habe Tadaski gesagt, dass ich bei dir übernachte! Er hat nicht weiter gefragt.« Sie kicherte. Dann sah sie ihre Schwester an. Haruka war nicht dumm. Sie legte den Kopf schräg und kniff die Augen zusammen: »Es ist was passiert, oder? Du siehst anders aus! Hast du jemanden kennengelernt? Du musst mir *alles* erzählen!«

Miyu musste lachen. Sie kam sich albern vor. »Miyuuuu! Los, sag schon!« Haruka schmiss ihre Jacke in die Ecke und setzte sich gespannt auf das kleine rosa Sofa.

»Er … ist Polizist … Seiji.« Das war alles, was sie herausbrachte.

»Und?«

Miyu holte eine Schüssel und Stäbchen für die Gyôza. Ihr schwirrte der Kopf. Sie wollte gerne von Seiji erzählen, aber war er wirklich im Café gewesen?

Sie begann Haruka von ihrem Traum zu berichten. Den Törtchen im »Dessert King«, dem Landhaus, dem Mann, der ihr so vertraut war. Dann hatte sie verschlafen. So, wie Seiji verschlafen hatte.

Haruka unterbrach sie: »Vielleicht hat er verschlafen, weil er von dir geträumt hat?«

Miyu musste lachen. Haruka saß aufgeregt mit

roten Wangen vor ihr. Miyu liebte ihre Schwester. Sie liebte es, wie sie zuhörte. Sie liebte es, wie Haruka mitfieberte. »Wir müssen gleich los!« Sie packte ein paar Sachen zusammen. Während der U-Bahn-Fahrt hörte sie nicht auf zu erzählen, und Haruka hörte aufmerksam zu. Zum Schluss sagte sie: »Du musst ihn wiedersehen!« Da waren sie bereits in Roppongi. Als sie beim »Blondy« ankamen, stellte Miyu fest, dass sie keine Zeit gehabt hatte, ihre Schwester auf alles vorzubereiten. Sie hätte sie vorbereiten müssen, aufs »Blondy«. Haruka war noch nie in einem Stripclub gewesen.

»Haruka, was du heute Abend siehst, das … ist nur ein Job, okay?«

Doch Haruka hörte ihr kaum zu. Sie überlegte laut, wie und wo Miyu und Seiji sich wiedersehen könnten.

Die Schwestern gingen durch die Hintertür zur Umkleidekabine. Miyu wurde mit großem Hallo begrüßt, und Haruka war stolz auf sie.

Miyu nahm ihre Schwester an der Hand und führte sie in den Club. Es war noch nicht sehr voll. Die Schwester sah sich neugierig um. »Hier verbringst du also deine Wochenenden?« Miyu war sich nicht sicher, ob Haruka missbilligend geklungen hatte. Sie zeigte ihr einen Platz an der Bar, in der Nähe der kleinen Bühne, wo die Mädchen an den Stangen tanzten. Das Mädchen hinter der Theke trug eine Tätowierung am Hals und nannte sich Cindy.

»Pass auf sie auf, das ist meine Schwester!« Miyu klang ein bisschen besorgt.

Cindy versetzte ihr einen Klaps auf den Po: »Na klar, Sweetie! Die fasst keiner an. Und die Drinks gehen aufs Haus!«

Haruka bestellte einen Martini. Sie war gespannt. Miyu ging in den Backstage-Bereich, um sich zu schminken und umzuziehen.

Es wurde jetzt voller. Haruka beobachtete fasziniert die leicht bekleideten Mädchen. Es berührte sie unangenehm. Sie hatte sich die Bar anders vorgestellt. Nicht so dunkel, nicht so viel Haut und sexuelle Spannung.

Cindy fragte: »Warst du schon mal hier?« Haruka schüttelte den Kopf. Die Musik war jetzt sehr laut. Die Bühne wurde von Spotlights beleuchtet. Ein rothaariges Mädchen begann jetzt an der Stange zu tanzen. Sie trug eine schwarze, mit Glitzersteinchen besetzte Maske, die ihr halbes Gesicht bedeckte. Sie schwang ihr langes Haar, schlang die dünnen Schenkel um die Stange und wirbelte herum. Sie sah sehr sexy aus, trug ein knappes Lack-Outfit und Highheels. Haruka zog ihren Rock übers Knie. Ihr war heiß. Der Martini war ihr gleich zu Kopf gestiegen. Dennoch bestellte sie sich einen zweiten.

Die Männer johlten und klatschten, als das Mädchen verführerisch den Rock auszog. Dabei wiegte sie ihre Hüften und atmete mit leicht geöffnetem Mund. Haruka dachte an Tadaski. Wünschte er sich auch manchmal eine solche Frau? Die Tänzerin hatte jetzt noch ein kleines, glitzerndes Höschen an. Lasziv beugte sie sich vor, gewährte tiefen Einblick in ihr Dekolleté und strich sich über die Schenkel. Die Männer drängten sich um die Bühne. Das Mädchen hockte sich mit gespreizten Schenkel vor sie. Grazil streckte sie langsam einen Fuß vor, sodass die Männer ihre Schuhspitze berühren konnten. Einige versuchten ihren Fuß anzufassen. Lachend warf das Mädchen den Kopf zurück.

Haruka erschrak. Das Mädchen hatte ein großes Muttermal am Hals: Es war Miyu, ihre Schwester! Sie trug eine Perücke.

Haruka trank ihr Glas in einem Zug aus. Sie starrte das nackte Fleisch auf der Bühne an.

Jetzt zog ihre Schwester langsam ihr Oberteil aus. Die Brustwarzen waren von glitzernden Aufklebern bedeckt. Langsam kroch sie auf allen vieren über die Bühne, zog sich an der Stange hoch, das Metall an ihre bloßen Brüste gepresst, rieb die Stange zwischen ihren Schenkeln und warf stöhnend den Kopf zurück. Haruka wandte den Blick ab. Das war eine ganz andere Frau. Sie war verwirrt.

Cindy schenkte einen neuen Wodka ein. »Deine Schwester ist toll, oder?« Haruka war schwindlig. Sie musste sich am Barhocker festhalten.

Miyu schwang noch einmal an der Stange herum. Gleich würde der Song zu Ende sein. Die Männer gingen heute gut mit. Der Scheinwerfer brannte heiß auf ihrem Gesicht.

Es war zu dunkel an der Bar. Miyu konnte Haruka nicht sehen. Was ihre Schwester wohl jetzt von ihr dachte? Sie glitt in einen Spagat, das Bühnenlicht ging aus, Beifall. Schnell lief sie hinter die Bühne, schnappte sich ein Handtuch und zog die Maske ab.

Wenige Minuten später fand sie ihre Schwester an der Bar. Haruka war betrunken. »Hey ... Alles okay?« Miyu war besorgt. Haruka umarmte sie nur, drückte so fest, dass es unangenehm war. »Mach das nicht mehr ... Miyu, mach das nicht mehr.« Haruka war kaum zu verstehen, sie war blass und schwitzte. Miyu überlegte. Was sollte sie mit Haruka machen? Sie konnte auf keinen Fall hier an der Bar sitzen bleiben.

Etwa zwei Stunden später fuhr ein Polizeiwagen vor.

Tadaski kniete neben Haruka, die sich mittlerweile beruhigt hatte. Sie hatte sich auf den Tisch erbrochen. Miyu brachte ihm ein feuchtes Handtuch. Tadaski sah sie zornig an. Sie wusste, was er dachte. Es war alles ihre Schuld. Wie immer.

Dass Haruka hierhergekommen war, war ihre Schuld. Haruka trank normalerweise nicht. Es war ihre Schuld, dass sie sich so betrunken hatte. Dann hatte Haruka sich hingelegt. Hinten bei der Umkleidekabine gab es ein Sofa. Und Miyu hatte weitergearbeitet. Aber Haruka fing an zu randalieren. Sie schrie und tobte und nahm die Umkleidekabine auseinander, lief hysterisch weinend nach draußen und trat immer wieder gegen einen Glascontainer. Einige Mädchen kamen neugierig dazu, Cindy versuchte Haruka zu beruhigen. Sie holten Miyu von der Bühne. Ihre Schwester weinte und schrie. »Du musst damit aufhören! Versprich mir das! Das ist ekelhaft!« Dabei schmiss sie mit allem um sich, was sie in die Finger bekam.

Miyu hatte ihre Schwester noch nie so gesehen. Schließlich hatte sie Tadaski angerufen. Als der eine halbe Stunde später atemlos ankam, beruhigte sich Haruka ein wenig.

Der Manager stand bei Tadaski und redete leise auf ihn ein, dabei verbeugte er sich mehrmals tief.

Wahrscheinlich hatte ein Nachbar die Polizei gerufen.

Noch bevor er ausstieg, hatte sie seinen Namen gedacht. Seiji. Er sah gut aus in der Uniform. Sein Haar war kürzer. Fast hätte sie ihn nicht gleich erkannt.

Sie schämte sich. Sie trug noch ihr Kostüm und die rote Perücke. Jemand hatte ihr einen Bademantel umgelegt.

Seiji ging langsam auf sie zu. Als er vor ihr stand, verbeugte er sich leicht und fragte: »Was ist hier passiert?« Er musterte sie, dann schien er sie zu erkennen. »Miyu?«

Sie sah beschämt zu Boden. Es schien eine Ewigkeit zwischen ihrer Begegnung gestern und diesem Augenblick zu liegen. »Geht es dir gut?« Er klang besorgt.

Der Manager trat zu ihnen. Miyu nickte Seiji still zu und ging in die Umkleidekabine.

Nun wusste er, dass sie hier arbeitete. Niemals würde er sie wiedersehen wollen. Tadaski würde Haruka nie mehr erlauben, Zeit mit ihr zu verbringen. Langsam schminkte sie sich ab, dann weinte sie leise in ihr Handtuch. So hatte sie sich diesen Tag nicht vorgestellt.

Eine halbe Stunde später lugte sie durch die Tür des Umkleideraums. Es war still auf dem Gang. Es schien, als habe sich alles beruhigt. Sie trug jetzt wieder Jeans und T-Shirt.

Als sie durch die Hintertür gehen wollte, trat Yonchi, der Manager, zu ihr: »Mach dir nicht zu viele Gedanken, Miyu-san. Ich hoffe, deiner Schwester geht es bald besser!«

Sie nickte nur. Durch die offene Tür sah sie den Polizeiwagen.

Er hatte auf sie gewartet.

Es war kühl. Die Straße lag verlassen da. Seiji stieg

aus, als sie auf den Wagen zuging. »Kann ich dich nach Hause bringen?«

Sie stieg ein. Er lächelte sie an. »Deine Haare waren gestern viel länger«, stellte sie fest.

Er lachte. »Ja, ich … ich hatte einige Monate frei. Da habe ich sie wachsen lassen. Heute ist mein erster Tag zurück im Dienst. Gestern, nachdem wir uns in deinem Café gesehen haben, bin ich zum Friseur gegangen.«

Sie lächelte. »Warst du im Urlaub?«

Seiji fuhr sich durch sein kurzes Haar. »Nein. Ich musste mich um meine Familie kümmern. Mein Vorgesetzter hat mich für drei Monate beurlaubt.«

»Oh«, sie sah beschämt zu Boden. Sie war zu forsch gewesen.

Still fuhren sie eine Weile durch die nächtlichen Straßen.

Seiji sah sie an. Er schien etwas fragen zu wollen, aber er tat es nicht.

Miyu antwortete trotzdem: »Ich arbeite seit zwei Jahren dort. Nur meine Schwester wusste, dass ich dort arbeite. Sie wollte schon immer gerne mitkommen. Also habe ich sie heute mitgenommen. Das war ein Fehler. Mein Fehler.«

Er hörte zu. Miyu überlegte, ob sie noch mehr sagen sollte.

Sie betrachtete verstohlen seine Hände. Kein Ehering.

Er hatte ihren Blick gesehen. »Ich hätte fast geheiratet, vor drei Jahren. Aber ihre Eltern waren dagegen. Dann hat sie ein Kind bekommen. Meinen Sohn. Dann wurde sie krank und hat sich vor einem Jahr das Leben genommen. Mein kleiner Sohn lebt nun bei meinen Eltern. Vor ein paar Monaten war meine Mutter sehr krank, deshalb musste ich eine Weile freinehmen.«

Miyu hörte ruhig zu. Langsam entspannte sie sich.

Da war wieder das wohlige Gefühl.

Er sah vor sich auf die Straße: »Deshalb musste ich gestern auch telefonieren, in deinem Café.«

Sie sah auf ihre Hände in ihrem Schoß.

Dann hob sie den Blick, und ihre Augen trafen sich kurz.

Er lächelte und fuhr still durch die Nacht.

Sie kamen bei ihrem Apartment an. Miyu lächelte und verbeugte sich leicht: »Danke, Seiji-san.«

Bevor sie aussteigen konnte, berührte er ihren Arm: »Miyu, sehen wir uns wieder?«

Sie sah für einen Moment das Gesicht des Mannes aus ihrem Traum aufblitzen.

Sein Haar war kürzer. Deshalb hatte sie ihn nicht gleich erkannt.

DAS SCHWEDISCHE HAAR

Er hielt seinen schwarzen Schal in den Händen. Den weichen Kaschmirschal, den sein Vater ihm vor Jahren von einer Dienstreise aus Bangkok mitgebracht hatte.

Er roch ihr Parfum. Würzig, ein bisschen pudrig. Es roch nach Europa. Japanerinnen rochen anders.

Er hatte Ingeborga seinen Schal geliehen, als sie gestern Nacht durch Golden Gai spaziert waren.

Ingeborga.

Der Name war schwer auszusprechen, er hatte drei Anläufe gebraucht, sie hatte hell darüber gelacht und leicht seinen Arm berührt.

Ingeborga, das Mädchen aus Schweden, das für drei Monate ein Praktikum machte in Tokio.

Er war neben ihr gelaufen. Aufgeregt und wach.

Ikuko hatte sie zum Essen mitgebracht. Stolz war sie gewesen auf die große, blonde Freundin, die alle überragte und so schön lachte. Die beiden hatten sich in Stockholm kennengelernt. Als Ikuko mit ihrem

Mann nach Europa gereist war, weil er einen Vortrag in Malmö hielt. Ikukos Mann war Molekularbiologe.

All das hatte Ikuko erzählt. Und auch, dass sie Ingeborga geholfen hatte, das Praktikum in Tokio zu bekommen.

Ingeborga lächelte, während Ikuko sprach, sie verstand kein Japanisch, aber sie hörte Ikuko ihren Namen sagen, »Ingeborga-chan«.

Ihre blauen Augen schauten lächelnd in die Runde, und ihr Blick blieb schließlich bei ihm hängen.

Er war beschämt und schaute schnell weg. Als er wieder aufsah, blickte sie ihn noch immer an und zwinkerte ihm leicht zu.

Er hatte ein Lächeln versucht. Das war sehr gefährlich.

Sie saßen auf Tatamimatten in einem kleinen Ramenrestaurant in Shinjuku, an einem großen »Kotatsu«, einem beheizten Tisch, unter den man seine Füße streckte. Kim, Aoki und Chan waren auch dabei. Sie hatten zusammen studiert und trafen sich hin und wieder. Alle schlürften die gehaltvolle Nudelsuppe und tranken Sake dazu. Ingeborga hatte Ikuko für sich bestellen lassen. Die Karte war nur auf Japanisch, und Ingeborga war neugierig auf alles.

Vergnügt blickte sie umher, sie konnte gut mit Stäbchen umgehen, das war ihm gleich aufgefallen.

Dieses Mädchen war anders. Wie ein Samurai, dachte er. Seine Großmutter hatte ihm als kleinem Jungen immer gesagt: »Tetsuo, wenn dich ein Samurai anblickt, dann weißt du, dass es ein Samurai ist. Er senkt seinen Blick nie, in seinen Augen wohnt der Mut. Ein Samurai kann in dein Herz sehen!«

Er stellte sie sich mit zwei Daishô, den Säbeln der

Samurai, vor, wie sie mit wehendem Haar und glühenden Augen mutig das Restaurant gegen Yakuza verteidigte.

Innig hoffte er, dass sie seine Gedanken nicht lesen konnte. Er beugte sich über seine Suppe und sah eine ganze Weile nicht hoch.

Nach dem Essen löste sich die kleine Gruppe auf. Alle verbeugten sich zum Abschied, Ingeborga verteilte Umarmungen mit Küsschen.

Als er an der Reihe war, fragte er mutig: »Are you tired? Tokio is most beautiful at night.« Er hatte sich diese zwei Sätze bereits während des Essens zurechtgelegt und überlegt, ob es zu kühn sei, sie tatsächlich auszusprechen.

Vielleicht hatte ihn der Sake mutig gemacht.

Nein, sie wolle unbedingt eine Sightseeingtour machen, und zwar durch Golden Gai, das ganz in der Nähe lag.

Glück durchströmte ihn. Er hätte auf der Stelle umfallen können und wäre mit einem Lächeln gestorben.

Aber er verzog keine Miene: »Okay, let's go!«

Es war still. Golden Gai war dunkel, wirkte fast verwunschen. Jetzt, unter der Woche, waren kaum Menschen unterwegs. Hin und wieder huschte eine Katze an ihnen vorbei. Es war kalt, man konnte ihren Atem sehen. Er hatte ihr erzählt, wie gefährlich einige Ecken in Golden Gai nachts waren. Mafia und so. Das Mädchen aus Schweden hatte gelacht und sich bei ihm untergehakt. »Then you are my bodyguard!«, hatte sie gesagt.

Sie waren an einigen Bars vorbeigeschlendert, waren durch dunkle, enge Gassen gelaufen, und Ingeborga war vor einem der unzähligen »Love hotels« stehen geblieben. Er hatte versucht, in gebrochenem Englisch zu erklären, dass Paare hier für einige Stunden allein sein konnten. Sie hatte aufmerksam zugehört und genickt.

Plötzlich war der Wind gekommen, als habe er ihn herbeigewünscht.

Ihr Haar wehte und wirbelte, und einmal berührte es leicht seine Wange. Sie fröstelte.

Er lieh ihr seinen Schal.

Er wusste nicht, wie viel Zeit vergangen war, seit er zurück in seiner Wohnung war. Vielleicht eine halbe Stunde, vielleicht zwei.

Jetzt strich er über die weiche Wolle.

Da war ein blondes, helles Haar. Ein einzelnes Haar. Vorsichtig nahm er es zwischen zwei Finger und legte es auf seinen Nachttisch. Dann nahm er die kleine lackierte Holzdose unter seinem Bett hervor und legte den güldenen Schatz vorsichtig hinein.

Wärme durchströmte ihn.

Nachdem sie zwei Stunden umhergelaufen waren und er versucht hatte, ihr kleine, aufregende Winkel und Gässchen zu zeigen, brachte er sie zu ihrer Wohnung zurück. Ohne ihn hätte sie sich im nächtlichen Tokio niemals zurechtgefunden.

Sie hatte ihn viel gefragt und aufmerksam seinen Erklärungen gelauscht. Er hatte ihr ein paar Fragen über Schweden gestellt, aber sie schien mehr Interesse an der nächtlichen Entdeckungstour zu haben. Sie hatten viel gelacht, und irgendwann war es zu kalt geworden. Vor der Tür des kleinen Wohnhauses waren sie voreinander stehen geblieben, und er war plötzlich nervös geworden.

Jetzt versuchte er sich ganz genau an alles zu erinnern.

Sie hatte ihn umarmt und gesagt, er solle sie anrufen.

In Japan gab es keine Umarmungen. Nicht so.

Er umarmte nicht einmal seine Mutter. Man verbeugte sich. So war das.

Sie hatte beide Arme um ihn geschlungen, seinen Nacken und seinen Rücken, und ihn leicht an sich gezogen. Sie hatte gelächelt und kurz die Augen geschlossen.

Fast hätten sich ihre Nasen berührt. Sie küsste ihm erst seine rechte, dann die linke Wange, leicht und ohne Scheu.

Er stand nur da, überrascht und erstarrt. Er verstand die Geste nicht. Freiwillig einer fremden Person so nah zu sein war in Japan undenkbar.

Dann rieb der fremde Engel seinen Rücken und drückte seinen Oberarm.

»Call me, okay? Thank you, I had fun tonight!«

Ihre blauen Augen blitzten, und sie sah ihn wieder direkt an.

Ihr Blick traf ihn mitten ins Herz.

Er schlief die ganze Nacht nicht. Jedes Lachen, jedes Wort, jede Berührung, alles war so wichtig, alles hatte tiefe Spuren in seinem Herzen hinterlassen.

Je öfter er daran dachte, umso weniger fremd war es ihm.

Am nächsten Morgen, als er früh die U-Bahn zur Arbeit nahm, konnte er sich nicht daran erinnern, geschlafen zu haben.

Die Frau mit den Augen eines Samurai hatte neben ihm gelegen, ihm ins Ohr geflüstert und sein Herz so laut klopfen lassen, dass er es durch die Matratze zu hören meinte.

Ingeborga, Ingeborga, Ingeborga.

Er fühlte sich krank, angenehm krank.

Niemals hatte er den Namen eines Mädchens so oft vor sich hin geflüstert, in Gedanken Wände damit bemalt.

Drei Jahre zuvor war er oft mit Shinzu ausgegangen.

Still hatten sie Udon geschlürft, höflich über Literatur oder Filme gesprochen, er hatte ihre makellose Haut bewundert, und ihre Schüchternheit hatte ihn gerührt.

Zum Hanami, der Kirschblüte, waren sie mit einer Picknickdecke in den Shinjuku Gyôen, einen hübschen Park im Zentrum, gegangen.

Sie hatten Sake getrunken, und irgendwann war er beschwipst gewesen und hatte leicht ihre Hand berührt. Sie wurde rot, zog ihre Hand jedoch nicht weg. Er fasste sich ein Herz und küsste sie. Dann küsste er sie noch einmal, dort, unter den hellrosa Kirschblüten.

Als sie später nach Hause gegangen waren, war sein Rausch verflogen. Sie redeten nicht viel, aber hin und wieder lächelte sie ihn an.

Sie stieg nicht bei ihrer U-Bahn-Station aus. Sie würde die Nacht mit ihm verbringen.

Fieberhaft versuchte er sich an die Küsse im Park zu erinnern. Er versuchte seine Erregtheit wieder aufleben zu lassen. Noch als sie zusammen die Stufen zu seiner kleinen Wohnung hochstiegen, versuchte er es. Shinzu berührte seinen Arm »Ich mag deine Wohnung.«

Es gab kein Zurück. Er konnte ihr Wollen und ihr Vertrauen nicht enttäuschen.

Behutsam zog er sie aufs Bett. Küsste sie sanft, streichelte ihr Gesicht.

Sie ließ ihn gewähren, als er vorsichtig ihre Bluse öffnete.

Erregung und Neugier stiegen wieder in ihm auf. Ihre Brüste waren weiß wie Reispapier, und als er sie küsste, gab sie keinen Laut von sich.

Seine Hände glitten zwischen ihre Schenkel. Fast riss er ihr Höschen herunter.

Sie bewegte sich kaum, ihre Augen waren geschlossen.

Er entkleidete sie und sah sie an. Wie eine zerbrechliche Puppe lag sie da. Weiß und schön, mit gespreizten Schenkeln, regungslos.

Plötzlich wusste er nicht weiter.

Hastig zog er sich Hose und Slip aus und drang in sie ein.

Als es vorbei war, schlief er sofort ein.

Sie hatten sich noch viermal gesehen, danach. Als er ihr schließlich sagte, er könne sie nicht mehr treffen, hatte sie still geweint.

Shinzu war schön, sie war klug und kam aus einer guten Familie.

Er hatte sie hilflos angesehen und sich gefragt, was es war, wonach er suchte.

In seinen Erinnerungen versunken, hatte er seine U-Bahn-Station verpasst.

Er würde zu spät zur Arbeit kommen..

»Ingeborga, Ingeborga…«, es machte ihm nichts aus. Außerdem war er niemals auch nur eine Minute zu spät gekommen.

Vor sechs Jahren hatte er bei Sugimoto Trade Inc. als Buchhalter begonnen. Die Firma handelte mit Delikatessen, vor allem mit Fisch.

Er lockerte seine Krawatte. Dann hastete er die Stufen von Ginza Station hoch. Er musste einige Blocks zu Fuß zurücklegen, um zum Büro zu gelangen.

Artig gingen die Fußgänger auf der jeweils vorgeschriebenen Seite des Bürgersteigs, jenseits einer gelben Linie. Ginza war ein besseres Viertel im Chûô-Bezirk. Er mochte die Hauptstraße, sie war besonders breit, und man konnte den Himmel sehen.

Normalerweise ließ er sich einfach vom Strom der Menschen, die sich entlang der gelben Linien schoben, mittreiben, hatte seinen iPod an, schaute zu Boden und hätte den Weg blind zurücklegen können. Heute war es anders.

»Ingeborga!« Fast hätte er ihren Namen laut gesagt.

Beschwingt fing er an, zickzack an den anderen Fußgängern vorbeizutraben, dann rannte er.

Er rannte mit großen Schritten, seine Krawatte flatterte, sein Haar wehte im Wind.

Seit er ein Junge gewesen war, war er nicht mehr so gerannt.

Er spürte ein Vibrieren. In seiner Jacketttasche. Sein Handy. »Ingeborga!«

Und tatsächlich, die Samuraifrau hatte ihm eine Textnachricht geschrieben.

Keuchend blieb er auf der Stelle stehen und las. Menschen drängten an ihm vorbei.

»Tonight is a concert, Shonen Knife. I have an extra ticket. Call me if you want to go! Ingeborga.«

Er las die Nachricht wieder und wieder.

Dann schrieb er zurück: »Yes, please. See you later. Thank you.«

Er war sich nicht sicher, ob das gut klang. Aber nun wusste sie, dass er sie sehen wollte.

Den ganzen Tag über verschwammen die Zahlen vor seinen Augen.

Endlich war es achtzehn Uhr.

Eilig packte er seine Sachen. Er musste sich zu Hause umziehen und duschen.

Um einundzwanzig Uhr wollten sie sich in Shinjuku treffen, vor der Konzerthalle.

Sie wartete vor dem »Club Explosiva« auf ihn. Schon von Weitem konnte er ihr hellblondes Haar sehen, sie überragte all die anderen Wartenden.

Er ging mit hastigen Schritten. Beim Gehen fühlte er eine Anspannung.

Doch sein Gesicht verriet keine Aufregung oder Freude, als er sie unsicher mit einer kleinen Verbeugung begrüßte.

Ingeborga musste lachen. »Hey, Tetsuo!« Sie verbeugte sich übertrieben. »Are you ready?«

Er nickte und schaute dann zum Eingang.

Es war relativ voll. Etwa vierhundert Wartende standen im Innenraum einer mittelgroßen Konzerthalle.

Trotz der Enge berührten sie einander nicht.

Sie redeten kurz über die Band, er bemühte sich,

locker zu sein, erinnerte sich an Details über die Band, die er gegoogelt hatte, und ließ sie geschickt ins Gespräch einfließen.

Er hatte in der Aufregung völlig vergessen, sie zu fragen, ob sie etwas trinken wollte. Er musste sie einladen. »You want a beer?«

Ingeborga nickte.

Während er sich eilig an die Bar begab, kam die Band auf die Bühne. Applaus brandete auf. Die schnellen Beats schienen von den Wänden abzuprallen. Er wartete an der Bar. Keiner der Barkeeper schien ihn zu bemerken, er spürte, dass er zu schwitzen begann.

Er durfte nicht zu viel trinken, das war nicht gut.

Endlich wurde ein Barkeeper auf ihn aufmerksam.

Vorsichtig trug er die zwei Flaschen Sapporo vor sich her.

Wo war Ingeborga? Da, er sah ihr blondes Haar zwischen dem Meer aus schwarzen Haaren.

Abrupt blieb er stehen. Sie sprang und hüpfte zur Musik, ihr Haar flog, und sie sah ihn nicht.

Die anderen waren etwas zurückgewichen. Niemand außer ihr tanzte, man wippte leicht oder hörte einfach nur zu.

Einige Japaner starrten das blonde, springende Mädchen verstohlen an. Tetsuo wusste nicht, was er tun sollte. Dann war der Song zu Ende. Ingeborga blieb atemlos stehen und klatschte und pfiff auf zwei Fingern. Lachend trat sie zu ihm. »Wow, they are great!«

Ihr Haar klebte an der verschwitzten Stirn.

Sie nahm einen großen Schluck aus der Flasche. »Do you like them?«

Er verstand nicht: »Who?«

Sie lachte: »The band!«

»Oh, yes, yes.« Er nickte steif und hielt sich an seinem Bier fest.

Sie sah ihn unverwandt an. »Are you okay?«

Was sollte das heißen? Verwirrt versuchte er zu lächeln. »Yes, yes.« Er nahm einen Schluck aus der Flasche. Sah dieses Mädchen alles? Er hatte mit einem Mal das Gefühl, dass es keine gute Idee gewesen war, mit ihr auszugehen.

Ingeborga fing wieder an zu tanzen. Ihm wurde heiß. Er vertrug nicht viel Alkohol. Er sah ihr zu, wie sie tanzte, mit geschlossenen Augen. Wie ein unbändiges Tier, voller Kraft sprang und wirbelte sie herum, schüttelte ihr Haar.

Er schämte sich plötzlich und wusste nicht, wieso. Eilig ging er wieder an die Bar und holte noch zwei Flaschen Bier.

Er holte tief Luft, trank.

Dann versuchte er ein wenig in den Knien nachzugeben, wippte zur Musik. Seine Hüften fühlten sich steif an. Er verlagerte sein Gewicht auf das linke Bein und wippte weiter. Verstohlen sah er sich um. Niemand nahm Notiz von ihm, alle schauten zur Bühne.

Nun bewegte er auch seine Schultern leicht, ein bisschen so, wie er es bei Ingeborga gesehen hatte. Dann schloss er die Augen, nahm noch einen Schluck Bier. Sein ganzer Körper wurde weicher.

»Hey, Tetsuo?« Eine bekannte Stimme schreckte ihn auf. Es war Keita, sein Arbeitskollege.

Er hustete und verbeugte sich.

Es war zu laut zum Reden. Ein Glück. Er wünschte Keita einen schönen Abend und verabschiedete sich schnell.

Ingeborga hielt nach ihm Ausschau. Sie lachte. »There you are!« Er reichte ihr das Bier. Sein Kopf fühlte sich leicht an.

So langsam taute das Publikum auf. Einige Leute bewegten sich jetzt leicht zur Musik oder traten von einem Fuß auf den anderen.

Ingeborga nahm seine Hand und schwang sie zur Musik. Er stand einfach nur da.

»Let's dance!« Sie zog ihn an sich, drehte ihre Hüften wie eine Sambatänzerin, stieß ihn leicht von sich, ohne jedoch seine Hand loszulassen, wirbelte herum, lachte und sah ihn an.

Sein Kopf wurde heiß. Er schämte sich. Er hustete und winkte ab. »No, no ... sorry. It's okay!«

Sie schien verdutzt. Dann zog sie ihn hinaus, vor die Türen der Konzerthalle.

Es war dunkel geworden. Einige Leute standen vor der Tür und rauchten.

Die kühle Luft tat gut.

Besorgt sah sie ihn an: »Are you okay? Your face is really flushed!«

Verkrampft starrte er in die Luft.

Ingeborga rieb ihm sanft die Schulter. »Sit down, come on.«

Sie setzten sich auf eine Bank. Er konnte sie nicht ansehen, diese Samuraifrau, die nie aufhörte zu glühen.

Ernst sah sie ihn an, abwartend.

Er fasste sich ein Herz: »I have a low tolerance for alcohol. Japanese people have a low tolerance for alcohol. I am sorry.« Dann deutete er nickend eine Verbeugung an.

Sie lächelte ihn freundlich an: »Don't be silly. You

don't have to apologize! That's okay. We had some fun, right?«

Er nickte nur.

Er hustete beschämt.

Dann versuchte er das Thema zu wechseln: »So, how do you like your work?«

Ingeborga lächelte: »It's nice. I try my best. I just don't understand anything!«

Nun fühlte er sich etwas besser. Langsam entspannte er sich.

Sie sprachen über Schweden, dann über Ikuko und ihren Mann. Der Abend geriet wieder in geregeltere Bahnen.

Doch irgendwann verebbte ihr Gespräch. Still saßen sie nebeneinander. Es war kühl, und er überlegte, ob er ihr wieder seinen Schal anbieten sollte.

Ihr blondes Haar lag üppig auf ihren Schultern, er hätte es gerne berührt.

Er atmete tief ein. Dann sah er sie direkt an. Das Mädchen lächelte.

Sie schien glücklich und gelöst.

Er beugte sich ungelenk vor, legte eine Hand auf ihre Schulter, und als sie ihm ihr Gesicht zudrehte und ihn ansah, küsste er sie einfach.

Es war ein seltsamer Kuss, dachte er selbst, während sich ihre Lippen berührten.

Als er den Kopf zurückzog, sah sie ihn erstaunt an.

Ihre Gesichter waren noch ganz nah.

Ihre Augen hielten ihn gefangen, er konnte nicht wegschauen.

Sie öffnete den Mund, um etwas zu sagen, stockte und atmete hörbar aus.

Sie betrachtete ihn. Er hielt einfach still, wartete ab, was passieren würde. Der Moment schien ewig zu dauern. Ein Auto fuhr vorbei.

Dann legte sie sanft eine Hand an seine Wange, streichelte sein Gesicht.

Ihr Gesicht, ihr Mund kam langsam näher. Ihre Lippen waren jetzt weich und warm.

Sanft legte sie ihre Lippen auf seine, öffnete leicht den Mund und berührte mit ihrer Zunge seine Oberlippe.

Er hatte das Gefühl, sein Körper löse sich auf, nur sein Mund existierte.

Sie saugte sanft an seiner Zunge, und ihre Lippen schienen seine zu umarmen. Ihre Hände streichelten seinen Nacken, fuhren durch sein Haar, strichen immer fester über seinen Oberkörper.

Er war erregt. So einen Kuss hatte er noch nie erlebt. Es war gefährlich, das wusste er. Aber in diesem Moment war er völlig verzaubert.

Als sie sich von ihm löste, kam es ihm vor, als würde es plötzlich kühler.

Er sah in ihr Gesicht, sie lächelte ihn an und sagte etwas. Aber er verstand nichts.

Er wollte nicht aufhören.

Ingeborga war alles, alles in diesem Augenblick.

Sie blickte ihn an. »What does this mean?«, fragte sie.

»What?«

Sie malte mit dem Zeigefinger einen Kreis um sein Gesicht in die Luft. »Your face, your expressions?«

Er verstand nicht.

Sie lächelte: »You … you don't smile? I can't tell what you are thinking.«

Es war in Japan nicht üblich, Emotionen auf dem Gesicht zu tragen. Er versuchte zu lächeln.

»Let's go someplace where we can be alone ...« Sie flüsterte fast.

Sie zog ihn hoch und ließ seine Hand nicht los.

Während der U-Bahn-Fahrt schwiegen sie, wenn die Bahn ruckte, berührten sich ihre Hände.

Raum und Zeit hatten sich schon vor langer Zeit aufgelöst.

Als er seine Wohnungstür aufschloss, musste er plötzlich an Shinzu denken.

Da spürte er Ingeborgas Atem auf seiner Haut, als sie ihm den Nacken küsste.

Er trat die Wohnungstür mit einem Fuß zu, da fielen schon die ersten Kleidungsstücke zu Boden.

Alles, was passierte und wie es passierte, war fremd. Aber es gefiel ihm, und er fühlte sich sicher mit diesem Mädchen.

Sie saß auf ihm, ihr verschwitztes Haar klebte an ihrem Gesicht, und als sie sich küssten, kitzelte es seine Nase. Ihre Wangen waren gerötet, ihre Augen glänzten wild und fiebrig.

Sie war schön und beängstigend zugleich.

Dann fing sie an, mit den Hüften zu kreisen, sich immer schneller auf und ab zu bewegen.

Er rang nach Luft, sein Körper war außer Kontrolle.

Schweiß rann ihr über die Brust. Sie stöhnte, ihre Augen waren geschlossen.

Auch er schloss die Augen.

Ingeborga bewegte sich mit solcher Kraft, dass sie ihm fast wehtat.

Er versuchte, ruhiger zu atmen.

Der Orgasmus traf ihn mit ungeahnter Wucht, seine Hände krampften sich in ihre Taille.

Sie glitt von ihm und legte sich neben ihn. Sie strich ihm eine verschwitzte Haarsträhne aus der Stirn und küsste leicht sein Kinn.

»Let's sleep, it's late«, flüsterte sie.

Die Sonne schien grell in das kleine Zimmer. Verwirrt sah er auf die Uhr: Es war 9.45 Uhr.

Er rieb sich die Stirn.

Langsam kam die Erinnerung zurück. Ingeborga.

Hastig sprang er aus dem Bett. Er stand splitternackt im Raum.

Was war heute für ein Tag? Ihm wurde heiß, es war Freitag, er hätte bereits seit acht Uhr im Büro sein müssen.

Wo war Ingeborga? Hatte er nur geträumt?

Er suchte seine Hose, seine Strümpfe.

»Good morning!« Sie war leise ins Zimmer getreten. Nur in ein Handtuch gewickelt, stand sie da, mit nassem Haar.

»Hey!« Er keuchte das kurze Wort fast.

Plötzlich schämte er sich und fühlte sich ihr fremd.

Lächelnd trat sie zu ihm, ignorierte seinen Versuch, sich mit einer Hand die Hose zuzuknöpfen, und während sie ihn küsste, fiel ihr Handtuch zu Boden.

Ihr Duft, die feuchte Haut. Sie drängte sich an ihn.

Er war zu spät. Man würde ihn vielleicht entlassen.

»I ... I ... have to go«, er hustete und wand sich abrupt aus ihrer Umarmung.

Sie stand nur da, nackt, tropfend.

Er hob ihr Handtuch auf und legte es ihr um die Schultern. »Sorry, I have to go to work.«

Sie nickte nur.

Alles, was er tat, alles, was er sagte, schien ihm falsch.

Er schnappte sich sein Handy und seine Jacke und hastete zur Tür.

Atemlos hatte er im Aufzug gestanden. Verwirrt und voller Angst, dass man ihm kündigen würde.

Im Büro war niemandem etwas anzumerken, nur Keita schaute ihn etwas zu lange an. Hatte er ihn mit Ingeborga zusammen gesehen?

Tetsuo verbeugte sich tiefer denn je vor Otani-san, seinem Vorgesetzten.

Wortreich entschuldigte er sich für sein Zuspätkommen und beteuerte seine Untröstlichkeit.

Otani-san schien milde gestimmt und in Eile.

Er machte nicht viele Worte und erkundigte sich auch nicht nach dem Grund der Verspätung.

Es war beiden klar, dass es nie wieder vorkommen durfte.

Tetsuo ging mit gesenktem Kopf an seinen Schreibtisch.

Zwei oder drei Tage würde er den Kopf gesenkt halten und früher als alle anderen kommen, dann würde Gras über die Sache gewachsen sein.

Das Telefon schrillte, fast hatte er seine Kopfschmerzen vergessen.

Er führte wie in Trance Kundengespräche und zwang sich, nicht an die letzte Nacht zu denken.

Der Morgen war nicht gut gewesen. Er hatte nicht gewusst, was er tun oder sagen sollte. Sie hatte enttäuscht ausgesehen. So behandelte man keinen Samurai.

Er musste husten. Er schämte sich vor sich selbst.

113

Vielleicht sollte er Ingeborga ein Kärtchen schreiben oder über Ikuko Grüße ausrichten lassen, er sei zu seiner Familie gefahren.

Dann summte sein Handy.

Ingeborga! Die Samuraifrau hatte ihm geschrieben.

Er musste sich auf die Arbeit konzentrieren, wenn er nun anfing, über sie nachzudenken, wäre er verloren. Er legte das Handy in die unterste Schublade seines Schreibtischs.

Er sah aus dem Fenster. Siebzehn Stockwerke unter ihm schob sich der Verkehr langsam und vierspurig durch die Stadt.

Sogar hier spürte er die Hitze ihrer Flammen auf seinem Gesicht. Ingeborga. Er konnte seine Neugier nicht länger zurückhalten.

Eilig hastete er auf die Toilette. Als er sicher war, dass er allein war, las er ihre SMS: »Tetsuo, how are you? I was thinking about you. I.«

Sein Herz raste.

Er hatte nicht geträumt. Sie war noch immer da. Sie hatte an ihn gedacht. Ihm wurde heiß vor Glück. Was sollte er ihr antworten?

Als er zwei Stunden später in seine Wohnung kam, war er so müde, dass er es gerade noch schaffte, sich die Schuhe auszuziehen.

Schwer ließ er sich auf sein zerwühltes Bett fallen. Das Kissen roch nach ihr. Seine Müdigkeit hatte ihn für kurze Zeit die Samuraifrau vergessen lassen.

Er grub sein Gesicht tief in das Kissen und sog alle Erinnerungen der letzten Nacht in sich auf. Sein Herz raste, er fing an zu schwitzen.

Fast war es, als läge sie neben ihm.

Er stöhnte. An Schlaf war nun nicht mehr zu denken. Er öffnete seine Hose. Er kam nach wenigen Sekunden. Er dachte an ihr Haar, dann schlief er ein.

Gegen zehn erwachte er. Seine Hose war heruntergezogen, er hatte noch sein Jackett an.

Mit weichen Knien ging er ins Bad und wusch sein Gesicht. Er hatte dunkle Ringe unter den Augen.

Das weiße Handtuch, das sie sich am Morgen umgelegt hatte, lag nun gefaltet auf dem kleinen Schemel neben dem Waschbecken. Sie hatte so schön ausgesehen, und er war davongerannt wie ein Idiot.

Er atmete tief ein, rieb sein Gesicht.

Er hatte sich mit einer Samuraifrau eingelassen, er war zu nah an ihr Feuer getreten, und nun loderte es in seinem Herzen, seinem Kopf und begann ihn aufzufressen.

Es gab keine Ordnung mehr. Er hatte Pflichten, seine Arbeit, seinen Ruf. Besorgt lief er zurück ins Schlafzimmer und zog die Vorhänge zu. Er war zu weit gegangen.

Wieder zeigte sein Handy eine SMS an. Sein Magen krampfte sich zusammen. Widerstrebend sah er nach.

»What are you doing? I.«

Er hustete. Da war sie.

Schweißperlen bildeten sich auf seiner Stirn. Hastig schaltete er sein Handy aus.

Er schlief nicht in dieser Nacht.

Alles, was er behielt, war das Haar. Das schwedische Haar in dem kleinen Lackkästchen.

Er hatte sich übernommen.

TAMAGO

Es war dunkel, aber durch das winzige Fenster fiel der schwache Lichtstrahl einer kleinen Straßenlaterne, die versteckt hinter dem alten Ginkgobaum stand. Der Baum, der im Herbst gelb und groß seine Äste von sich streckte, wurde von vielen als Symbol für langes Leben verehrt und stand dort schon seit vielen Jahren.

Manchmal sah Herr Masamori aus dem Fenster und nickte dem Baum zu. Jung waren sie beide nicht mehr. Der Ginkgo würde ihn überleben.

Gegen Abend sah er oft Frauen am Baum stehen und beten. Verstohlen standen sie da, und er wusste, dass sie um Nachwuchs baten.

Jetzt im Sommer spendete der Baum Schatten. Nachts verbarg er fast das Licht der Laterne.

Seit ihn die Schmerzen plagten, schlief er schlecht. Der Juckreiz am Körper war schlimmer geworden. Auch diese Nacht war er wieder verschwitzt aufgewacht. Oder vielleicht schlief er noch. Aber es gab einen Grund, das wusste er.

Erst sah er nur die Umrisse. Glatt und scharf. Er rieb sich die Augen. Die Katze war auch wach geworden, sie versteckte sich hinter seinem Rücken.

Er hatte schon einige Stunden geschlafen. Dann hatte sich etwas im Zimmer bewegt, er war nicht allein. Da war ein tiefes ruhiges Atmen, das einen großen Resonanzkörper erahnen ließ.

Die Umrisse waren jetzt deutlicher zu sehen. Ein gewaltiger Körper. Ein riesiger Schädel auf einem kurzen, breiten Hals, wuchtige Arme. Langsam gewöhnten sich Herr Masamoris Augen an die Dunkelheit.

Da stand er, vielleicht einen Meter von seinem Bett entfernt. Der Riese war nur mit knappen, engen Shorts bekleidet. Er bewegte sich kaum und stand leicht geduckt, damit er sich in Herrn Masamoris kleinem Zimmer nicht den Kopf an der Decke stieß. Seine Brust wölbte sich vor Muskeln, und es zogen sich pralle Venen über den Bizeps. Obwohl er um vieles größer und breiter als Herr Masamori war, strahlte er dennoch eine vertrauenerweckende Sanftheit aus.

Jetzt erkannte Herr Masamori ihn: Es war »Andre the Giant«. In der letzten Woche hatte Herr Masamori viel Zeit mit ihm verbracht. So viel Zeit, dass in seiner Brust eine tiefe Verehrung für ihn gewachsen war.

Andre the Giant, Andre der Riese, war ein weltbekannter Wrestler und Samurai, wie Herr Masamori seinem Enkel erst vor wenigen Tagen erklärt hatte.

Der Riese winkte ihm zaghaft zu. Seine Hand war so groß, dass er Herrn Masamoris Kopf wie eine Kartoffel hätte zerquetschen können.

Herr Masamori verbeugte sich tief. Er wusste, dass er träumte, und hoffte, er würde lange nicht aufwachen. Der Anblick des riesigen Samurai machte ihn unfassbar glücklich. Bald, schon bald würde er mit Andre seine letzte große Reise antreten.

Andre sah ihn bekümmert an und seufzte. Es war, als rauschten die Blätter im Ginkgobaum, und Herr Masamori meinte den Seufzer des Riesen in seiner eigenen Brust zu spüren. Andre legte den riesigen Schädel schräg, als wolle er etwas sagen. Herr Masamori verstand, er flüsterte: »Heute, Andre, heute gehen wir zu Dr. Chi!« Er war sich nicht sicher, ob er das gedacht oder gesagt hatte.

Alles hatte eine Woche zuvor begonnen.

Es war August und sehr heiß. Herr Masamori hatte viel verkauft, da die Menschen in der Hitze gerne durch die schattigen Gassen seines Viertels gingen. Und für feste Schuhe war es sowieso zu warm. An Tagen wie diesen saß er manchmal auf der kleinen Bank vor seinem Laden. Wenn die Sonne wanderte, ging er hinein und schaltete den kleinen Ventilator ein, den seine Frau am 8. August vor drei Jahren gekauft hatte. Am Abend desselben Tages hatte sie plötzlich ohnmächtig in der Küche gelegen. Er hatte sie gefunden und hilflos den Sohn angerufen.

Jedes Mal, wenn er den Ventilator einschaltete, dachte er daran, wie er im Krankenhaus ihre blasse Hand gehalten hatte. Es war dann alles sehr schnell gegangen. Und plötzlich war er allein gewesen mit der Katze.

Herr Masamori gab die Wohnung nebenan auf und lebte nun in seinem Laden. Das Hinterzimmer funktionierte er zu einem kleinen Schlafzimmer mit Kochecke um.

Eigentlich gab es seit dem Tod seiner Frau nur drei Dinge, die sein Leben bestimmten: der Schlaf, der Laden und die Katze.

Er schlief sehr viel. Vielleicht waren auch seine nachmittäglichen Nickerchen der Grund dafür, warum er nachts schlecht schlief. Oft nickte er im Laden ein oder draußen auf der Bank. Die bleierne Müdigkeit war vor einigen Monaten gekommen und hatte ihn seitdem nicht mehr verlassen.

Nicht selten verbrachte er die erste Hälfte des Tages damit, seinen Träumen nachzuhängen, und wenn es ruhig war im Laden, vergingen Stunden, und der Traum der letzten Nacht wurde zum Tagtraum.

Dann, vor etwa einer Woche, hatte plötzlich der Apparat auf der Ladentheke gestanden. Sperrig und kühl. Herr Masamori hatte ihn eine Weile angestarrt. Es schien, als brächte das Objekt die Ordnung und Ruhe des kleinen Raumes durcheinander. Er fühlte sich gestört von der Kiste, aber es war ein Geschenk, er musste es annehmen. Ratlos schüttelte er den Kopf. Was sollte er mit einem Fernseher?

Herr Masamori drehte an den Knöpfen des kleinen Apparates herum. Nur Schnee und Rauschen. Eigentlich schaute er nie fern. Aber der Fernseher stand nun schon seit zwei Tagen auf der Ladentheke.

Herr Ogawa hatte den Fernseher gebracht.

Er hatte ihn mit einer kleinen Verbeugung auf der Ladentheke vor dem erstaunten Herrn Masamori abgestellt. »Ich brauche ihn nicht mehr. Meine Frau hat einen neuen Flachbildfernseher gekauft.« Er lächelte. »Und du hast doch oft stundenlang keine Kunden, da kannst du ein bisschen gucken!«

Herr Ogawa strahlte. Er war stolz auf sein Geschenk. Seine Ohren waren gerötet.

So hatte er schon als Kind dagestanden, wenn er stolz war. Sie kannten sich fast vierzig Jahre. Herr

Masamori war jetzt siebzig. Herr Ogawas Vater war mit ihm zusammen zur Schule gegangen, und bis zu dessen Tod hatten die beiden Herren oft gemeinsam Patchinko gespielt. Herr Ogawa war fast so etwas wie ein Sohn für Herrn Masamori.

Herr Masamori hatte auch einen eigenen Sohn, Akira. Akira bedeutet »intelligent«.

Akira war ein schwieriges Kind gewesen. Obwohl Herr Masamori und auch seine Frau immer gerne und viel gelesen hatten, konnten sie Akira nie für Bücher begeistern. Er hatte sich selten für etwas näher interessiert, bekam als Schüler schlechte Noten, war aufmüpfig und faul gewesen. Die Arbeit seines Vaters, der Laden, interessierte ihn bis heute nicht.

Automechaniker hatte er werden wollen. Irgendwann in der Ausbildung hatte er Tamiko geheiratet. Die verdiente gut in ihrem Job, und plötzlich interessierte Akira sich auch nicht mehr für Autos.

Er meldete sich selten bei Herrn Masamori, seit sie nach Tokorozawa gezogen waren. Manchmal kam er mit Tamiko in die Stadt zum Einkaufen, dann brauchten sie einen Babysitter für den Enkel. Der letzte Besuch war nun schon einige Wochen her. Der alte Mann war jedes Mal erschrocken, wie sehr das Kind gewachsen war, wenn er Tekka wiedersah.

Lange hatte Herr Masamori überlegt, bevor er zum Telefon griff. Doch schließlich hatte er seinen Sohn angerufen und ihn gebeten, im Laden vorbeizukommen, wegen des Fernsehers. Akira hatte verschlafen geklungen. »Ja, ja … ich komme!« Aber nun war fast Ladenschluss, und Akira war nicht gekommen. Vielleicht hatte er ihn falsch verstanden.

Herr Masamori seufzte. Als Akiras Mutter noch gelebt hatte, war es einfacher gewesen, zum Sohn Kontakt zu halten. Doch seit drei Jahren war es eben schwierig. Seitdem gab es nur noch den Laden und die Katze.

Die Katze ShiShi und den Laden voller Zôri, japanischer Schlappen.

Eigentlich sollte die Katze »Shirley« heißen. Als junger Mann hatte Herr Masamori einen amerikanischen Film gesehen, »Irma la Douce«, mit Shirley MacLaine. Er war vierundzwanzig Jahre alt gewesen und hatte nie eine solche Frau gesehen. So grüne, funkelnde Augen. Solche Frauen gab es in Japan nicht.

Er hatte sie tief verehrt und den Film viele Male gesehen, in einem kleinen Kino in Golden Gai. Die Vorstellungen waren inoffiziell und fast illegal. Ein Film über eine Prostituierte durfte damals in Japan nicht einfach so gezeigt werden. Als er zwei Jahre später seine Frau kennenlernte, hatte er seine Verehrung begraben. Nur noch selten erlaubte er sich träumerische Gedanken an Shirley MacLaine.

Jahre später hatte er dann die Katze Shirley getauft. Das Tier war wild und anschmiegsam zugleich, so wie ihre Namensgeberin, fand Herr Masamori. Aber der Name war zu kompliziert. Niemand konnte ihn aussprechen. Aus Shirley wurde schnell ShiShi.

Die Zôri verkauften sich immer. Bei Japanern und Touristen. Ganz früher hatten Herr Masamori und seine Frau die Zôri handgefertigt, heute bestellte er sie beim Großhandel. Es gab die traditionellen Modelle mit Holz- oder Reisstrohsohle. Mit weißem Kreuzband für den Herrn und rotem für die Damen.

Das klassische Modell hatte eine bis zu fünf Zentimeter hohe Sohle, damit der Kimono nicht über den Boden schleifte.

Aber Herr Masamori verkaufte auch moderne Zôri aus Plastik in allen erdenklichen Farben. Natürlich führte er auch die weißen Tabis, Socken, in allen Größen, die man traditionell zu Zôri trug. Es war ein kleiner Laden, aber Herr Masamori war stolz auf seine große Auswahl.

Er selbst trug jeden Tag Zôri. Auch seine Frau hatte immer Zôri getragen, selbst im Winter. Akira hingegen trug Turnschuhe. Schon als Kind hatte er sich gesträubt, Zôri zu tragen. Das Kreuzband hatte ihn zwischen den Zehen gestört.

Der Fernseher rauschte weiter.

Herr Masamori schlug vorsichtig mit der flachen Hand auf das Gehäuse. Aber außer einem unruhigen Grau gab es nichts zu sehen.

»Das hilft nichts! Du brauchst ein Antennenkabel!« Er hatte Akira nicht eintreten hören.

Damit hatte er nicht gerechnet. Die beiden verbeugten sich. Der alte Mann erkundigte sich nach Tamiko und Tekka.

Akira schien schläfrig, er gab kurze Antworten und schien in Eile. »Hast du abgenommen?«

Die Frage kam überraschend. Herr Masamori zuckte mit den Schultern. Seit einigen Wochen hatte ihn sein Appetit verlassen. Er war erstaunt, dass Akira es bemerkt hatte. Er trug wie immer Turnschuhe, und sein Haar war lang.

Der alte Mann hustete.

Akira hatte sich schon wieder abgewandt. Er sah sich den Fernseher von allen Seiten an. Herr Masamori beobachtete ihn still. Manchmal erinnerte Akira ihn an dessen Mutter, seine verstorbene Frau. Die Art, wie er sich nachdenklich das Kinn rieb und die Stirn in Falten legte, berührte Herrn Masamori auf seltsame Weise.

Der Sohn hatte ein zusätzliches Kabel dabei, und nach einigem Suchen hatte er hinter einem Stapel leerer Schuhkartons den Anschluss für das Antennenkabel gefunden. Akira war überraschend geschickt. Er drehte die kleine Antenne hin und her, bis es schließlich ein Bild gab. Ein Sportkanal. Es dauerte eine Weile, bis er noch ein zweites Programm fand. Während Akira die Antenne drehte und an den Knöpfen des Fernsehapparats herumdrückte, machte Herr Masamori eilig Tee. Vielleicht würde der Sohn noch etwas bleiben.

Aber als er das kleine Tablett abstellte, winkte Akira ab. »Ich muss schon wieder los. Tekka hat gleich ein Fußballspiel!«

Herr Masamori war verwirrt. »Wo ist Tekka denn jetzt?« Er hatte den Enkel vor acht Wochen zum letzten Mal gesehen.

»Im Auto. Mit Tamiko! ... Draußen.«

Herr Masamori riss die Ladentür auf. Tatsächlich, der Enkel saß zusammen mit seiner Mutter im Auto. Akira gähnte. »Viel Spaß mit dem Fernseher!« Er hatte den Sportkanal eingestellt.

»Arigatô! Danke!« Herr Masamori verbeugte sich. Gerne hätte er den Enkel in die Arme geschlossen. Tamiko hatte ihr Handy am Ohr, sie winkte, als der Wagen davonfuhr.

In wenigen Tagen war O-bon, das Fest, zu dem der Toten gedacht wurde. Dann kam die Familie zusammen, aß gemeinsam und sprach respektvoll über die

Verstorbenen. Herr Masamori würde den kleinen Butsudan, den Altar im Hinterzimmer, schmücken und mit Blumen verzieren. Er würde Birnen auslegen. Seine Frau hatte Birnen geliebt. Überall im Viertel würden Chōchin, kleine Laternen, angezündet, damit die Verstorbenen den Weg zu ihren Familien finden konnten. Sie würden zum Grab gehen, Herr Masamori, Akira, Tamiko und Tekka. Sie würden den Grabstein waschen und weitere Chōchin anzünden.

In den Straßen führten Frauen und Mädchen in Kimonos Bon-odori-Tänze auf, man würde die Musik im ganzen Viertel hören.

Er lächelte. Er fühlte sich seiner Frau an diesem Tag immer ganz nah. Wenn die Familie zusammenkam. Herr Masamori hatte Akira daran erinnern wollen. Aber nun war er schon wieder fort.

Er drehte den Fernseher ein wenig, um besser sehen zu können, und setzte sich hinter den Tresen. Da standen sich zwei riesige Männer gegenüber.

Er drehte den Ton auf und zog den kleinen Sessel heran. Vorsichtig legte er die Füße hoch. Die Schmerzen in der Leiste kamen wieder, aber wenn er die Beine hochlegte, waren sie besser zu ertragen.

Er versuchte zu begreifen, was er sah. Der eine Hüne hatte helles Haar, einen zotteligen Bart und trug nichts außer kurzen gelben Hosen. Er sah grimmig drein, und Herr Masamori verstand nicht, was er sagte.

Da waren viele Leute im Publikum, sie kreischten und klatschten. Der zweite Mann war um einiges größer und breiter. Er hatte braunes, lockiges Haar und wirkte trotz seiner imposanten Statur fast sanftmütig. Seine Haut schimmerte olivfarben, und er hatte etwas

Exotisches an sich, das Herr Masamori nicht benennen konnte. Er fragte sich, welcher Nationalität der Hüne wohl sein mochte. Ungar vielleicht? Herr Masamori hatte vor vielen Jahren einmal einen Ungarn gekannt, Herrn Nagy. Der hatte ähnliche Züge gehabt wie der Riese und nicht viel gesprochen. Für ein Jahr hatte er im Haus nebenan gewohnt, und sie hatten einander auf der Straße oft zugenickt. Herr Nagy sprach kein Japanisch, schien aber offen und freundlich. Einmal hatte er Akiras Fahrrad repariert. Akiras kleines, blaues Fahrrad.

Jetzt gab es eine Nahaufnahme. Fasziniert lehnte sich Herr Masamori nach vorn. Was für ein Gesicht! Alles an dem großen Menschen war riesig. Die Nase war lang und fleischig, die Lippen voll und sein Mund so groß wie der eines Karpfens. Jetzt lachte er, und selbst seine Zähne waren überdurchschnittlich groß. Nie zuvor hatte der alte Mann so ein Gebiss gesehen.

Während der blonde, zornige Kämpfer sich vor ihm aufbaute und mit den Armen fuchtelte, blieb der Größere völlig unbeeindruckt und ruhig. Erst jetzt bemerkte Herr Masamori im Hintergrund Tausende von Menschen, eine Halle gefüllt mit Publikum, das im Halbdunkel saß. Es wurde geklatscht und geschrien, die Menschen schienen aufgeregt.

Majestätisch blickte der Riese ins Publikum. Er schien den kleineren Kämpfer völlig zu ignorieren, der jetzt ganz nah herangekommen war und begann, den Größeren zu schubsen. Gleichzeitig schrie er wild, und sein zotteliges Haar klebte an seinem schweißnassen Gesicht. Plötzlich ging alles ganz schnell, der Große packte den kleineren Kämpfer mit einer einzigen kraftvollen Bewegung um die Hüften, hob ihn mit einer Hand hoch und warf ihn wie einen Sack zu Boden.

Herr Masamori zuckte zusammen.

Ein Kommentator sprach aufgeregt auf Englisch. Einiges wurde in Japanisch untertitelt, aber es verwirrte Herrn Masamori mitzulesen. Er verstand nicht so recht, was da vor sich ging, aber es schien ihm, als kämpften da zwei Männer um ihre Ehre.

Jetzt wurden am unteren Bildrand groß die Namen der beiden eingeblendet. Der blonde Kämpfer, er hieß »Hulk Hogan«, wand sich am Boden. Der Große, »Andre, der Riese«, sah unbeeindruckt zu. Ruhig sah er in die johlende Menge, dann hob er seinen massigen Arm und schlug Hulk nieder, der gerade Anstalten machte aufzustehen. Mit einem einzigen Hieb, der ihn keine Kraft zu kosten schien, setzte er den anderen Krieger außer Gefecht.

Wieder und wieder tat er das. Wann immer Hulk Hogan aufstand, packte er ihn wie ein Stück Holz und warf ihn zu Boden.

Herr Masamori schaute mit offenem Mund zu. Was er sah, erinnerte ihn an etwas. Es war eine Geschichte, die tief in seinem Innern verborgen lag, die er nie vergessen hatte. Als Kind hatte sein Vater ihm oft von Samurai erzählt. Den furchtlosen, selbstlosen Kriegern, die für ihren Herrn mit ihrem Leben einstanden.

Diese Herren, die »Daimyô«, gaben ihnen zum Lohn »Koku«, eine festgesetzte Menge Reis. So lebten die Samurai für ihren Herrn und Koku und die Ehre. Wenn sie in Ungnade fielen oder ihr Herr starb, wurden die Samurai zu herrenlosen Rônin, die durch die Lande zogen, auf der Suche nach einem neuen Daimyô.

Er hatte diese noblen Krieger bewundert, ihre Selbstlosigkeit und Furchtlosigkeit verehrt und tat es heute noch. Oft erzählte er seinem Enkel die alten Geschichten.

Herr Masamori erinnerte sich oft an Sonntage bei seinem Großvater. Mit ihm hatte er sich Bilder und Malereien von Samurai angesehen. Der Großvater hatte auf eine kleine Trittleiter steigen müssen, um die großen, schweren Bücher herunterzuholen, die er wie Schätze oben auf einem schweren Schrank aufbewahrte. Ehrfürchtig hatte Herr Masamori die alten Bilder betrachtet, auf denen die Samurai mit ihren imposanten Helmen aus Leder und Metall, die sich wie Hörner eines zornigen Büffels bogen, gegen die Mongolen kämpften. Die ledernen Gesichtsmasken ließen sie zornig aussehen, und er hatte sich als Kind oft ausgemalt, wie er so in den Krieg zog, um seinen Großvater zu verteidigen.

Sein Großvater hatte ihm zum Geburtstag Katana und Wakizashi, die beiden Schwerter und ständigen Begleiter der Samurai, aus Holz gefertigt.

Bis er fast acht Jahre alt war, hatte er mindestens eines immer bei sich getragen. Dafür lachten ihn die Nachbarskinder aus, ihn, den schmächtigen, schüchternen Jungen mit den knochigen Knien und dem Holzschwert.

Die Eltern hatten hart arbeiten müssen. Nach dem großen Erdbeben 1923 war sein Vater oft monatelang in Yokohama gewesen, er arbeitete dort als Bauarbeiter im Straßenbau. Seine Mutter war Näherin und kam oft erst am späten Abend nach Hause. Es gab keine Geschwister, so verbrachte er die Nachmittage entweder allein oder mit den Nachbarskindern auf dem großen Hof vor der Schule. Obwohl er immer der Kleinste und Schwächste war, akzeptierten die anderen ihn irgendwann. Bis der neue Junge ins Viertel zog. Der Junge, der sofort der Anführer wurde, weil er am stärksten war. Der, der sofort bemerkt hatte, dass er der Schwächste war. Rei. Plötzlich ging er mit einem mulmigen Gefühl im Bauch auf die Straße zu den anderen Kindern. Der neue Anführer duldete nicht jeden.

Dann kam der Tag. Zuerst hatten sie ihn geschubst. Sein Holzschwert hielt er ganz fest umklammert und gab keinen Laut von sich. Rei hatte ihn mit einem Zweig geschlagen. Auf seinem nackten Arm zeigte sich ein breiter, roter Striemen. »Bist du ein Rônin? Was bist du?«, hatte er lachend gerufen und auf das Holzschwert gezeigt. Dann schlug er erneut zu. Obwohl er noch ein Kind gewesen war, hatte Herr Masamori plötzlich die Grausamkeit gespürt. Er verstand sie nicht, aber er war ihr ausgeliefert.

Angst hatte er, und Schweiß lief ihm den Rücken herunter. Ein Rônin ... nein. Dann nahm er seinen Mut zusammen. Er dachte daran, was wohl ein Samurai tun würde.

Herr Masamori erinnerte sich genau, wie er auf Rei zugegangen war. Sein Herz hatte ihm bis zum Hals geschlagen, während die anderen Kinder lachten und johlten. Er erinnerte sich, wie ihm ein kleiner Fleck auf Reis T-Shirt aufgefallen war, oben am Kragen. Dann hatte er mit dem Holzschwert ausgeholt und zugeschlagen. Rei war mit einem tonlosen Schrei zu Boden gegangen. Sein Ohr blutete heftig. Die anderen Kinder liefen schreiend davon. Plötzlich waren sie allein auf dem Platz vor der Schule, er mit seinem

Holzschwert und vor ihm auf den Knien der blutende Rei. Es war ganz still. Er bebte. Angst hatte er nicht. Nicht mehr. Reis Blut tropfte unaufhörlich auf den Asphalt.

Das Gefühl von Stolz und Mut, das er damals empfunden hatte, hatte er nie vergessen.

Rei kam ins Krankenhaus, er blieb auf dem linken Ohr taub.

Man nahm ihm die Holzschwerter ab. Dennoch fühlte er sie unsichtbar immer bei sich. Nie wieder hatte es eines der Kinder gewagt, ihn zu hänseln.

So war Herr Masamori selbst für einen Moment Samurai gewesen, über sechzig Jahre war das nun her.

Mit großen Augen sah er nun zu, wie Andre der Riese den fuchtelnden Hulk Hogan gegen die Bande warf. Die Zuschauer in den ersten Reihen waren mittlerweile von ihren Sitzen aufgesprungen. Es war das Recht eines Samurai, jeden zu schlagen, der ihm keinen Respekt erwies. Dieser Andre, Andre der Riese, war ein Samurai. Kein typischer vielleicht. Aber er verschaffte sich Respekt. Er war furchtlos und schien keine Schmerzen zu kennen. Herr Masamori lächelte.

Was für einen großen Schädel er hatte. Ruhig sah Andre nun ins Publikum. Nur für einen Moment wandte er Hulk Hogan den Rücken zu. Plötzlich sprang der blonde Kämpfer auf, packte Andre von hinten am Hals und warf ihn zu Boden. Herr Masamori entfuhr ein leises »Oh!«. Er beugte sich vor, um besser sehen zu können. Er hatte keinen Zweifel daran, dass Hulk hinterlistig und ohne Ehre war. Einen Samurai von hinten anzugreifen, ohne ihm in die Augen zu sehen, war feige.

Wo war nur seine Brille? Eigentlich benutzte er sie seit Jahren kaum, jetzt wünschte er sie sich. Aber er konnte sich nicht vom Bildschirm losreißen, konnte nicht aufstehen, um die Brille zu suchen.

Er rückte den Sessel ganz nah an den Fernseher heran und musste mitansehen, wie sich Hulk Hogan wieder und wieder auf den Riesen warf, mit der Faust auf ihn einschlug, bis dieser sich kaum mehr rührte. Es betrübte Herrn Masamori, den Riesen am Boden zu sehen, und er merkte, dass er seine rechte Hand zur Faust geballt hatte.

Die kleine Glocke des Ladens ging.

Herr Ogawa trat ein, strahlte und verbeugte sich.

»Na, siehst du! Nicht so schlecht, so ein Fernseher, was?«

Er setzte sich, und die beiden sahen zu, wie Andre der Riese seinen Kampf gegen den blonden Hünen mit der gelben Hose verlor.

Im Anschluss an den Kampf sendeten sie eine Dokumentation über den sanften Riesen, Andre. Der alte Mann war so gefesselt, dass er vergaß, Herrn Ogawa Tee anzubieten. Der erhob sich zum Gehen. Als ihn Herr Masamori zur Tür begleitete, durchfuhr ihn ein heftiger Schmerz. Seine Lymphknoten am Hals waren hart und geschwollen und er fühlte ein wildes Fieber im Körper, das ganz plötzlich entfacht war.

Herr Ogawa machte einen Tee und überzeugte Herrn Masamori, in der nächsten Woche mit ihm zum Arzt zu fahren. Bevor er ging, sah er Herrn Masamori besorgt an: »Isst du auch genug? Du bist sehr dünn geworden!« Vielleicht stimmte wirklich etwas nicht.

An dem Abend war Herr Masamori früh zu Bett gegangen. Schwitzend schlief er ein und suchte im

Traum einen Sitzplatz. Er wandelte in einer großen Halle umher, die sich nach und nach mit Menschen füllte. Herr Masamori stieß an Schienbeine und Knie und konnte nicht aufhören, sich höflich zu entschuldigen. Plötzlich tippte ihm jemand auf die Schulter. Es war Andre der Riese. Herr Masamori sah zu ihm auf. Ganz klein fühlte er sich. Wie hatte es Andre durch die engen Reihen geschafft? Jetzt sah er, dass hinter dem Riesen die Menschen aufgestanden waren und Platz gemacht hatten. Alle starrten die beiden ehrfürchtig an. Es war, als hielte die ganze Halle den Atem an.

Der Riese lächelte freundlich, nickte in Richtung Arena und hob den alten Mann ohne Anstrengung mit einem Arm in die Höhe.

Leicht wie eine Feder fühlte sich Herr Masamori, während ihn der Riese sanft über die Köpfe der Zuschauer hinwegtrug. So schwebte er durch die uferlose Halle, getragen von einer einzigen, riesigen Hand. Die Zuschauer begannen zu klatschen. Die ganze Halle klatschte. Es klang wie ein unendliches Meeresrauschen, und Andre war die einzige, große Welle, die Herrn Masamori trug. In der ersten Reihe ließ Andre ihn sanft zu Boden und zeigte auf einen Stuhl. Das war sein Platz. Herr Masamori setzte sich. Die Menschen lehnten sich verstohlen nach vorn, um einen Blick auf ihn zu erhaschen. Unter dem Stuhl saß ShiShi, die Katze.

Es war heiß in der Halle, und er schwitzte. Andre betrat den Ring. Er trug das Gewand eines Samurai und hatte die beiden Schwerter dabei. In der Mitte des Rings blieb er stehen. Der alte Mann hielt den Atem an. Er hatte das Gefühl zu wissen, was nun passieren würde. Andre wandte langsam den Kopf und sah zu ihm herüber. Er schien auf ihn zu warten. Jetzt begriff Herr Masamori. Er hatte etwas für Andre. Er nahm ein großes Bündel unter seinem Stuhl hervor und trat an den Rand des Rings.

Das Bündel war für Andre, das wusste er. Es war ein Geschenk. Andre lachte ihm zu und hob ihn mit einer Hand über die Bande zu sich in den Ring. Jetzt war es ganz still in der Halle. Herr Masamori war geblendet vom Scheinwerferlicht und musste blinzeln. Klein stand er vor dem Riesen. Er überreichte Andre das Bündel. Der Riese legte beide Schwerter ab und öffnete das Tuch. Die Zuschauer in den ersten Reihen waren aufgesprungen und reckten die Hälse, alle wollten das Geschenk des alten Mannes sehen.

Andre lächelte breit. Es waren Zôri, riesige Zôri. Andre verbeugte sich tief vor Herrn Masamori, und der tat es ihm gleich. Beide hielten die Verbeugung einige Sekunden, ein Ausdruck tiefer Verehrung und Dankbarkeit. Dann zog der Riese die Zôri an. Tosender Beifall brach aus. Jetzt erkannte der alte Mann Akira, Tamiko und Tekka im Publikum. Tekka winkte ihm aufgeregt zu.

Er erwachte mit einem Lächeln. Es war noch früh. Vorsichtig stand Herr Masamori auf und horchte in sich hinein. Die Schmerzen waren noch nicht erwacht.

Es war bereits heiß. Er wusch sein Gesicht. Im Spiegel sah er einen alten, hageren Mann. Es wurde ihm bewusst, wie selten er sich selbst ansah, fast schien ihm dieses Gesicht fremd. Langsam kleidete er sich an und fütterte die Katze, die ihm schnurrend um die

Beine strich. Dann setzte er Tee auf. Er musste essen. Eine Suppe vielleicht. Er dachte an den Traum. An den großen Samurai, der ihn nicht losließ.

Vorsichtig trug er den Tee in den Laden hinüber und schaltete den Fernseher ein.

Es war, als habe Andre auf ihn gewartet.

Es lief eine Wiederholung der Sendung vom Vortag. Gerade hielt der blonde Hulk den goldenen Siegergürtel in die Höhe, während Andre erschöpft zu Boden blickte. Das Publikum kreischte und johlte.

Herr Masamori hatte die Suppe vergessen. Gebannt schaute er seinen neuen Freund an, fast wartete er auf ein Winken, ein Lächeln von ihm.

Es folgte die Sendung über Andre, das Leben des Riesen. Herr Masamori versuchte sein Bestes, die japanischen Untertitel mitzulesen.

Es gab Schwarz-Weiß-Fotos von Andre als Kind. Er war in Frankreich geboren, als Kind polnisch-bulgarischer Eltern. Als junger Mann begann er zu wachsen und arbeitete hart auf einer Farm. Es gab ein Foto, auf dem Andre seine Eltern weit überragte. Die Eltern waren einfache Leute, Stolz leuchtete in ihren Augen. Unwillkürlich musste Herr Masamori an seinen Sohn denken. Wann hatte er jemals stolz neben Akira gestanden?

Der alte Mann hatte sich bald ganz in der Geschichte des Riesen verloren und vergaß, den Laden zu öffnen. Der Tee stand kalt neben ihm. Irgendwann wurde Andre dann zum Samurai. Er zog nach Amerika, so viel verstand Herr Masamori. Fünfzehn Jahre lang konnte ihn niemand besiegen. Es gab sogar Bilder von Andre in Japan. Er hatte in seinem Land gegen Samurai gekämpft und seine Ehre verteidigt!

Fast hätte er das Klopfen an der Ladentür nicht gehört. Erschrocken sprang er auf. Ein junger Mann mit Baseballkappe und eine Japanerin standen vor der Tür.

Er öffnete und verbeugte sich entschuldigend. Die Frau fragte, ob sie hereinkommen dürften. Der Mann mit der Kappe lachte breit, er hatte sehr weiße Zähne.

Herr Masamori entschuldigte sich noch einmal für seine Unaufmerksamkeit und bat beide herein.

Die Frau sah sich die traditionellen Zôri an. Sie war westlich gekleidet, benahm sich jedoch sehr japanisch. Sie sei in Tokio geboren, habe jedoch ihren Mann in Washington geheiratet. Nun komme sie einmal im Jahr zum O-bon nach Hause. Ihr Mann, der Amerikaner, nickte ihm freundlich zu.

Während die Frau ein Paar Zôri anprobierte, wurde ihr Mann auf den Fernseher aufmerksam.

»Hulk Hogan gegen Andre den Riesen!« Er lachte. »Sind Sie Wrestlingfan?« Seine Frau übersetzte. Herr Masamori war erstaunt, der Riese musste weltbekannt sein. »Wo kämpfen die beiden Krieger?«, wollte er von dem Amerikaner wissen. Die Frau, die ihre Turnschuhe ausgezogen hatte, um Zôri anzuprobieren, übersetzte.

Der Amerikaner lachte. »Soweit ich weiß, findet die Wrestlemania unter anderem in Florida, ich glaube, in Orlando, statt. Aber so genau kenne ich mich da nicht aus.«

Die Japanerin kaufte zwei Paar Zôri und versprach, bei ihrem nächsten Tokiobesuch wiederzukommen. Auch der Amerikaner verbeugte sich zum Abschied.

Der alte Mann sah den beiden nach. Dann fühlte er

plötzlich, wie das Fieber erwachte. Langsam, fast vorsichtig, als könne er die Hitze in seinem Körper so im Zaum halten, ging er ins Hinterzimmer. Auf einen kleinen Block schrieb er: »Florida. Orlando.«

Er erhitzte die Suppe. Als er in den Laden zurückkam, lief Fußball im Fernsehen. Er schaltete das Gerät aus.

Dann zwang er sich, eine halbe Schale Suppe zu essen. Sein Hals schmerzte, und er musste husten. Es war ganz still im Laden. Still und heiß. Herr Masamori schloss kurz die Augen und überlegte, wie es wäre, sie nie wieder zu öffnen.

Er schloss den Laden ab und legte sich ins Bett. »Etwas stimmt nicht mit mir«, dachte er. Seine Augen brannten. Fast schlief er ein. Durch seine halb geschlossenen Lider sah er Andre eintreten. Der Riese bewegte sich lautlos und vorsichtig, als wolle er ihn nicht wecken.

Herr Masamori lächelte. Matt hob er die Hand und bedeutete Andre, näher zu kommen. Jetzt erst sah er, dass der Riese sein altes Holzschwert dabeihatte.

Andre hockte sich vor das Bett. Er sah den alten Mann sanft an und legte das Schwert unter das Bett. Herr Masamori zitterte leicht. Es war kalt geworden. Er konnte seine Augen kaum noch offen halten.

Vorsichtig deckte ihn der Riese zu. Dann fiel der alte Mann in einen tiefen traumlosen Schlaf.

Einige Stunden später schrillte das Telefon. Das Kissen war nass von seinem Schweiß. Mit wackeligen Knien stand er auf. Er war sich nicht sicher, welche Tageszeit es war. Akira klang gereizt: »Wieso ist der Laden zu? Bist du da?«

»Ich war müde. Was gibt es?«

»Wir stehen vor deiner Tür!«

Herr Masamori eilte in den Laden und öffnete.

Akira und Tamiko standen mit Tekka vor der Tür. »Opa!« Tekka streckte ihm beide Arme entgegen.

Tamiko verbeugte sich. »Wir müssen einkaufen, können wir Tekka eine Stunde bei dir lassen?«

Herr Masamori nahm die Mochibällchen entgegen, die sie ihm als Geschenk überreichte.

»Natürlich!« Er liebte das temperamentvolle Kind. Tekka war schon in den Laden gelaufen.

Akira sah ihn prüfend an: »Hast du geschlafen?« Jetzt hupte ein Auto. Akira blockierte mit seinem Jeep die Straße. Eilig verabschiedeten sie sich.

Tekka hatte sich die Mochibällchen geschnappt und fütterte damit die Katze.

Der alte Mann musste lächeln. »Na, was sollen wir zwei tun?« Er hob das Kind hoch. Tekka war gewachsen, und er spürte, wie wenig Kraft er hatte.

»Opa, seit wann hast du einen Fernseher?« Tekka war schon wieder von seinem Schoß gesprungen.

»Den hat Herr Ogawa gebracht. Erinnerst du dich an Ogawa-san?«

Tekka schaltete das Gerät ein und gleich wieder aus. »Ich will malen!«

Herr Masamori holte den zerfledderten Zeichenblock und die Buntstifte aus der Schublade.

Er zog den Stuhl an den Tresen, und Tekka fing, auf seinem Schoß sitzend, an zu malen. »Opa, was soll ich malen?«

»Erinnerst du dich an die Geschichte der Samurai? Vielleicht malst du einen Samurai?« Fast unbemerkt war Andre ins Zimmer getreten. Er trug wieder nur seine knappen Shorts und war barfuß. Sein massiger Körper bewegte sich lautlos. Wie ein Samurai, dachte der alte Mann.

Vorsichtig setzte sich der Riese auf den Boden. Selbst im Sitzen war er so groß, dass sein Schädel weit über den Tresen ragte.

Herr Masamori winkte ihm erfreut.

Er strich Tekka über das Haar. Das Kind war eifrig damit beschäftigt, einen roten Stift anzuspitzen, und hatte den Riesen nicht bemerkt.

»Tekka, das ist mein neuer Freund, Andre-san!«

Tekka schaute umher. »Wo, Opa?«

Herr Masamori zögerte. »Na, kannst du ihn nicht sehen?« Er sah zum Riesen hinüber, der schüttelte mit einem sanften Lächeln den Kopf.

»Nein, Opa. Wo denn?«

Der alte Mann überlegte. »Er ist unsichtbar. Andre ist ein Samurai, weißt du. Er kämpft gegen andere Krieger … Er … Nicht jeder kann ihn sehen. Er kommt mich oft besuchen, damit ich nicht so alleine bin.«

Tekka schaute nicht hoch. »Ich komm dich auch besuchen!«

Herr Masamori lächelte traurig. »Ja, das tust du.«

Als Tamiko und Akira eine Stunde später wiederkamen, war Herr Masamori müde.

Herr Masamori verbeugte sich: »Es war mir wieder eine Freude. Wann kommt ihr zum O-bon?«

Tamiko und Akira schauten sich kurz an. Tamiko verbeugte sich tief und sprach leise in die Verbeugung hinein: »Dieses Jahr werden wir nach Nagasaki fahren. Zu meinen Eltern. Wir haben doch letztes Jahr den Onkel verloren.« Der alte Mann schaute ungläubig seinen Sohn an. Akira mied seinen Blick:

»Du … musst ja im Laden bleiben. Wir werden eine ganze Woche weg sein und Tekka mitnehmen.«

Herr Masamori fühlte sich matt. Die Hitze war zurück. Er verbeugte sich. »So sei es. Ich wünsche euch noch einen guten Tag.«

Er schloss die Tür hinter ihnen ab.

O-bon würde er allein verbringen. Der Gedanke machte ihn müde. Vielleicht würde ihm Herr Ogawa mit seiner Frau Gesellschaft leisten.

Oder Andre-san. Sogleich wurde ihm etwas leichter ums Herz. Der Riese saß neben seinem Bett, als er eintrat. Es war gerade genug Platz, dass er sich hinhocken konnte. Seine wuchtigen Knie berührten die Bettkante. Zum ersten Mal sah ihm Herr Masamori von Nahem ins Gesicht.

Andres braune Augen schauten ihn durchdringend an. Er hob die Bettdecke an, so dass der alte Mann nur darunter schlüpfen musste. Dann deckte er ihn sanft zu. Herr Masamori ergriff zaghaft seine riesigen Finger und ließ seine schmale Hand in Andres riesige Hand gleiten und drückte sie leicht.

Er schlief unruhig und fror. Immer wieder erwachte er von seinem eigenen Husten.

Herr Ogawa kam am nächsten Tag überpünktlich. Der Arzttermin war um zwölf Uhr in Ginza. Herr Masamoris eigener Hausarzt war vor einigen Jahren gestorben, und so hatte Herr Ogawa einen Termin bei Dr. Kim gemacht.

Sie sprachen wenig auf der Autofahrt, Herr Masamori nickte immer wieder ein, und Herr Ogawa war besorgt.

Der Arzt war sehr jung. Ein Chinese. Er trug Hemd und Krawatte unter seinem makellos weißen Kittel und einen glänzenden Ehering. Dr. Kim stellte viele Fragen, bevor er Herrn Masamoris Lymphknoten abtastete. Nach der Untersuchung bat er Herrn Ogawa hinzu. Der Doktor klang ernst.

»Sie müssen noch heute ins Krankenhaus und ein paar Tests machen lassen. Ich möchte im Moment keine Diagnose stellen, es müssen Bluttests gemacht werden. Ich schreibe Ihnen einen Schein für den behandelnden Arzt.«

Alle verbeugten sich. Der alte Mann hatte Angst.

Es war dasselbe Krankenhaus, in dem Frau Masamori gestorben war. Seit drei Jahren hatte er keinen Fuß mehr in ein Krankenhaus gesetzt. Der Geruch von Putzmitteln, die weißen Gänge und Menschen in steifen Kitteln, all das beunruhigte ihn zutiefst.

Herr Ogawa hatte ihn untergehakt und blieb im Raum, als die Schwester Blut abnahm. Sie trug grüne Plastikhandschuhe und einen Mundschutz. Fast lautlos setzte sie die lange Nadel auf die Kanüle. Als sich die Kanüle mit tiefrotem Blut füllte, sah er weg.

Dann wurde er geröntgt. Es war unendlich still. Da war nur die große, kalte Maschine im Raum, die so gefährlich war, dass die Schwester den Raum verließ. Die Wände waren schmucklos, es gab keine Fenster, ein seltsam einsamer Raum. Seine Frau hatte genau diese trostlosen Wände gesehen, bevor sie starb. Traurigkeit schnürte ihm den Hals zu. Wie ängstlich musste sie gewesen sein. Und wo war er gewesen?

Die Bleiweste machte das Atmen schwer, und er fror auf der kalten Metallliege. Gerade als er das Gefühl hatte, aufspringen zu müssen, ergriff Andre seine Hand. Der Riese hatte ihn gefunden. Seine warme

Hand strich leicht über Herrn Masamoris Arm. Erleichtert schloss Herr Masamori die Augen.

Andre folgte ihm anschließend auch in das Untersuchungszimmer. Lautlos hockte er sich neben den schweren Schreibtisch des Arztes. Niemand hatte ihn bemerkt. Der Arzt, Dr. Okura, war etwa so alt wie Akira. Er sprach angenehm leise, und Herr Masamori versuchte, alles zu verstehen, was er sagte. Dr. Okura stellte viele Fragen. Seit wann er keinen Appetit mehr habe, wie er schlafe, ob er neuerdings viel husten müsse.

Die Ergebnisse des Bluttests würden am nächsten Tag kommen, dann könne er mit Sicherheit eine Diagnose erstellen. Zum Abschied verbeugten sich alle, und Herr Masamori bemerkte, dass Andre verschwunden war.

Herr Ogawa bestand darauf, den alten Mann zum Essen einzuladen.

Noch vor Einbruch der Dunkelheit aßen sie Udon in Golden Gai. Sie mussten einige Minuten zu dem kleinen Lokal mit den blauen »Kirin«-Fahnen laufen. Ein leichter Wind war aufgekommen. Viele Menschen drängten sich in den kleinen Gassen. Frauen mit Plastiktüten, aus denen Lauch herausragte, Mädchen mit kurzen Röcken und Lollis im Mund, Geschäftsmänner im Anzug mit Köfferchen und gelockerter Krawatte. Ein Bettelmönch stand still an der Ecke, Katzen streunten umher, eine Gruppe betrunkener Touristen stolperte lachend in eine der unzähligen Bars. Wie lebendig Tokio doch war! Sie gingen langsam, und Herr Masamori vergaß für eine Weile das Krankenhaus. Lange war er nicht in Golden Gai gewesen. Früher hatte man sich dort vorsehen müssen. Es hatte geheißen, man müsse dort jemanden kennen, um wirklich sicher zu sein. Herr Masamori hatte einen alten Chinesen gekannt, Dr. Chi. Jeder und keiner kannte Dr. Chi in Golden Gai: Er verkaufte Kräuter und Medizin, die er zum Großteil selbst herstellte in einem winzigen Laden ohne Schild.

Man nannte ihn auch »Fugu«, denn es hieß, dass Dr. Chi auch tödliches Kugelfischgift verkaufte. Es hieß, man müsse bei ihm vorsprechen und erklären, wozu man das Gift benötige.

Herr Masamori hatte früher regelmäßig Bast und Garn bei einem Händler gekauft, der in Golden Gai lebte. Wenn er dorthin fuhr, um die Rechnungen zu begleichen, hatte er oft um die Ecke mit Dr. Chi ein Schwätzchen gehalten und hin und wieder Kräutertees gekauft.

»Erinnerst du dich an ›Fugu‹?«, fragte er Ogawa-san. Der stutzte. »Den Giftdoktor?« Herr Ogawa räusperte sich, das Thema war ihm unangenehm.

»Ja, den alten Chinesen. Er hatte seinen Laden dort, in der Seitengasse. Ich frage mich, ob es ihn noch gibt.«

Herr Ogawa schwieg eine Weile. Dann verbeugte er sich leicht und sagte in die Verbeugung hinein: »Ich glaube nicht, dass es ihn noch gibt. Denke nicht weiter über ihn nach.«

Der alte Mann war gerührt von Herrn Ogawas Sorge. Sie kannten sich lange, vieles musste nicht ausgesprochen werden. Vor langen Jahren waren beide, damals noch mit Herrn Ogawas Vater, durch Golden Gai gelaufen. Die beiden Männer hatten den Teenager auf sein erstes Bier mitgenommen. Als Herr Masamori ihn daran erinnerte, musste Herr Ogawa lachen. »So lange ist das her! Ich war am Ende des Abends fürchterlich betrunken! Von zwei Bier!«

Der Trubel in Golden Gai erinnerte Herrn Masamori daran, dass es eine ganze Welt außerhalb des Ladens gab. Seine Welt war in den letzten Jahren sehr klein geworden.

Die Suppe tat gut, und Herr Masamori trank sogar etwas Sake. Sie sprachen über Herrn Ogawas Vater und tauschten Anekdoten aus Herrn Ogawas Kindheit aus. Eine Weile hatte Andre unsichtbar mit am Tisch gesessen. Es tat dem alten Mann gut zu wissen, dass er da war. Er aß seine halbe Schale Suppe, und langsam machte sich eine wohlige Wärme in seinem Körper breit.

Herrn Ogawas Wangen röteten sich bald. Es wurde Zeit zu gehen.

Am nächsten Mittag würden sie sich wieder im kleinen Toyota durch Tokios Verkehr wühlen müssen und zum Krankenhaus fahren.

In dieser Nacht kam das Fieber zurück. So, als hätte es ihn für einige Stunden gnädig verschont, um ihn jetzt mit noch größerem Appetit zu verschlingen. Herr Masamori hatte das Gefühl, bei lebendigem Leib zu verbrennen. Er schaffte es, sich komplett zu entkleiden und das Fenster zu öffnen. Schweiß rann ihm über das Gesicht. Dann kam der Samurai, mit besorgtem Gesicht hockte sich der Riese neben sein Bett und kühlte Herrn Masamoris Gesicht mit seiner großen Hand, irgendwann schlief der alte Mann ein.

Am nächsten Mittag war er noch immer erschöpft von der Nacht. Als er mit Herrn Ogawa im Auto saß, dachte er an das Krankenhaus. Er hatte Angst. Was würde der Doktor sagen?

Dr. Okura ließ sie nicht lange warten. Er hatte einen Stapel Papier vor sich und sprach ruhig und langsam. Herr Masamori versuchte zuzuhören, zu verstehen. Herr Ogawa saß neben ihm. Herr Masamori versuchte an seinem Gesicht abzulesen, was das Gesagte bedeutete.

Morbus Hodgkin. Lymphdrüsenkrebs. Juckreiz. Fieber. Sie sprachen über seinen Körper. Erst jetzt wurde sich der alte Mann bewusst, dass es um ihn ging. Natürlich. Dr. Okura hatte Tests gemacht. Er sagte, dass seine Milz und fast das ganze lymphatische System befallen seien. Sein Husten, das Fieber, der nächtliche Juckreiz, all das seien Symptome eines fortgeschrittenen Stadiums, die Testergebnisse bestätigten dies. Herr Ogawa starrte den Arzt angespannt an.

Dr. Okura wandte sich jetzt direkt an Herrn Masamori: »Ich will ganz offen zu Ihnen sein. Eine Chemotherapie ist in Ihrem Stadium nicht mehr zu empfehlen. Ich werde Ihnen Schmerzmittel verschreiben.« Er zögerte. »Wenn ich das sagen darf: Nehmen Sie Abschied.« Es schien, als lächelte er.

»Nehmen Sie Abschied.«

Der Satz echote noch den Rest des Tages in seinen Gedanken.

Herr Ogawa hatte ihn nach Hause gefahren. Sie hatten die Schmerzmittel aus der Apotheke geholt. Einmal, an einer roten Ampel, hatte er den Eindruck gehabt, dass Herr Ogawa weinte. Er hatte ihn in den Laden gebracht und im Hinterzimmer die Vorhänge zugezogen. Die Schmerzmittel machten Herrn Masamori sofort ruhig und schläfrig. Herr Ogawa drückte seine Hand sehr fest, und Herr Masamori dachte, dass er ihn noch nie so ernst gesehen hatte: »Was willst du tun? Soll ich Akira Bescheid sagen?«

Herr Masamori schüttelte den Kopf: »Warte noch … bis nach O-bon.«

Ogawa-san sah ihn ernst an, dann nickte er. Bevor er ging, setzte er Tee auf und fütterte die Katze. Dann drehte er das kleine Schild an der Ladentür um. »Geschlossen.«

Von wem sollte er Abschied nehmen? Von Herrn Ogawa. Von Akira. Er musste Abschied nehmen von seinem Sohn Akira, den er kaum kannte. Und von Tamiko und Tekka. ShiShi, die Katze, könnte bei Ogawa-san wohnen.

Wie viel Zeit blieb ihm?

Da fiel ihm der Block wieder ein. Unter größter Anstrengung lehnte er sich zum kleinen Schränkchen neben dem Bett hinüber. Er hatte Andre nicht bemerkt, der ihm jetzt half, die Schublade zu öffnen, und ihm den Block reichte. »Florida. Orlando.« stand darauf.

Der alte Mann lächelte dem Riesen zu. Er überlegte. Es dauerte eine Weile, das Fieber lähmte seine Gedanken. Aber er wusste, was zu tun war. »Sollen wir zusammen eine Reise machen, Andre-san?«

Der Riese lächelte zurück und nickte. Er würde eine weite Reise machen.

Morgen war O-bon. Er musste morgens Birnen kaufen und die Chôchin anzünden, sobald es dunkel wurde. Bevor er einschlief, fiel ihm noch ein, dass der alte Koffer unter seinem Bett lag.

Dann vergingen Stunden. Wolken zogen vorüber, die Sonne versank, es wurde kühler, ein leichter Wind kam auf. Der Ginkgo wiegte seine Blätter im Nacht-wind.

Dann war er erwacht, etwas hatte sich im Zimmer bewegt, er war nicht allein. Er horchte. Da war ein tie-fes, ruhiges Atmen, das einen großen Resonanzkörper erahnen ließ. Die Umrisse waren jetzt deutlicher zu sehen. Ein gewaltiger Körper. Ein riesiger Schädel, wuchtige Arme. Langsam gewöhnten sich Herr Masa-moris Augen an die Dunkelheit. Der Anblick des rie-sigen Samurai machte ihn unfassbar glücklich. Schon bald würde er mit Andre seine letzte große Reise an-treten. Andre sah Herrn Masamori traurig an, legte den riesigen Schädel schräg, als wolle er etwas sagen. Herr Masamori verstand, er flüsterte: »Heute, Andre, heute gehen wir zu Dr. Fugu!« Er war sich nicht sicher, ob er das gedacht oder gesagt hatte.

Er erwachte Stunden später erfrischt und durstig und verspürte eine überraschende Aufregung, eine kleine Freude in seiner Brust. Heute war ein besonde-rer Tag. Es gab viel zu tun.

Herr Masamori kleidete sich an. Heute würde er den schwarzen Kimono tragen, den er nur zweimal im Jahr trug. Es dauerte eine Weile, bis er den Kimono richtig gefaltet und den Obi geknotet hatte. Er machte Tee und überlegte, womit er beginnen sollte. Er rief Ogawa-san an. Als er Herrn Masamoris Stimme hörte, schien er erleichtert.

Der alte Mann versicherte, dass er sich gut fühle, und nachdem sie kurz über das Wetter gesprochen hatten, fasste sich Herr Masamori ein Herz: »Bitte, fahr mich heute Nachmittag noch einmal nach Gol-den Gai.«

Am anderen Ende der Leitung blieb es lange still.

Herr Ogawa sprach leise und vorsichtig: »Was hast du vor?« Vielleicht ahnte er den Grund der Fahrt.

Der alte Mann überlegte sich seine Worte gut: »Bitte, frag nicht. Hilf mir einfach. Es ist heute O-bon.«

Herr Ogawa klang matt: »So sei es.«

Als der alte Mann vor die Tür trat, hörte er die Klänge der O-bon-Tänze. Langsam ging er durch sein Viertel, vorbei am alten Ginkgobaum, an der kleinen Udon-Suppenküche, dem Friseur und dem kleinen Laden, in dem Frau Michi ihre Fächer verkaufte.

Überall hängten Menschen Chôchin auf. Er machte kurz halt, als eine Prozession tanzender Frauen und Mädchen in weißen Kimonos vorbeizog. Einige Touristen machten Fotos.

Heute kamen die Ahnen. Die Toten waren unter ihnen. Es gab keinen besseren Tag, um zu gehen.

Er kaufte einige Birnen. Sorgfältig suchte er die schönsten aus. Dann besorgte er Katzenfutter und kaufte beim Sushistand um die Ecke ein Stück Tamagoyaki.

Im Laden war es heiß. Er machte sofort den kleinen Ventilator an. Den Ventilator, den seine Frau gekauft hatte, wenige Tage bevor sie gegangen war.

Er rieb die Birnen mit einem Küchentuch vorsichtig ab, bis sie glänzten. Dann legte er sie auf den kleinen Altar, den Butsudan, neben das gerahmte Bild der beiden. Das Foto war auf einer kurzen Reise nach Shikoku entstanden. Sie waren am Strand spazieren gegangen und hatten einen Touristen gebeten, ein Bild zu machen. Ihr Haar wehte im Wind.

Dann klingelte das Telefon. Es war Akira. Sie seien

gut in Nagasaki angekommen, und Tekka habe Schnupfen. »Wie geht es dir?«, fragte er überraschend.

Herr Masamori überlegte kurz und erwiderte: »Ich werde eine Reise antreten.«

Akira sagte einen Moment lang nichts. »Ach ja? Wo fährst du denn hin?«

Herr Masamori dachte an Andre: »Nach Orlando, in Florida!« Akira zögerte. »Lass uns nächste Woche darüber sprechen«, sagte er.

Herr Masamori holte die Chôchin aus den Kartons und staubte sie ab.

Eine der beiden Laternen hängte er außen an das Ladenschild, die andere über sein Bett.

Kurz musste er verschnaufen. Herr Ogawa würde bald kommen, und er musste alles vorbereiten. Er setzte sich und streichelte ShiShi. Schnurrend rieb sie ihren Kopf an seinem Arm. Er würde sie vermissen.

Er packte die drei Paar Zôri ein, die für Tamiko, Tekka und Akira vorgesehen waren. Er hatte die festlichen, traditionellen ausgewählt, mit seidenem Kreuzband und Reisstrohsohle. Diese Zôri wurden zu festlichen Anlässen und Beerdigungen getragen. Fast bedauerte er, dass er sie nie an Akiras Füßen sehen würde.

Auch Herr Ogawa trug einen Kimono. Sie verbeugten sich lange.

Herr Ogawa fragte nicht, wohin in Golden Gai Herr Masamori wollte. Er wusste es. Er stellte das Radio an. Nariko Sakai sang das »Hanami-Lied«, das alle Menschen kannten. Der alte Mann blickte aus dem Fenster. Tokio zog vorüber. Seine Stadt. In der er geboren war. In der Akira geboren war. In der er seine Frau kennengelernt hatte, in der sie gestorben war. Überall wehten Chôchin im Sommerwind.

Herr Ogawa parkte um die Ecke, und als er aussteigen wollte, bat ihn der alte Mann, im Auto auf ihn zu warten. Herr Ogawa verbeugte sich still.

Erst war er an dem kleinen Laden vorbeigelaufen. Zu viel Zeit war vergangen. Es gab immer noch kein Schild. Als er eintrat, wurde ihm zum ersten Mal bewusst, dass Dr. Chi nicht mehr leben könnte. Was dann?

Eine junge Frau verbeugte sich. »Wie kann ich Ihnen helfen?«

Er schaute sich um, der Laden sah noch genauso aus wie früher. Ein paar Regale waren dazugekommen, aber überall stapelten sich die Kräutersäcke mit den kleinen Silberschäufelchen, an die sich Herr Masamori noch gut erinnern konnte.

Er verbeugte sich »Ist Dr. Chi da?«

Die Frau sah ihn erstaunt an. »Dr. Chi arbeitet nur noch am Montag.«

Der alte Mann verbeugte sich tief. »Wenn es nicht zu viel verlangt ist, würde ich Sie bitten, kurz mit ihm sprechen zu dürfen.«

Die junge Frau sah ihn prüfend an. Dann nickte sie und verschwand hinter einem schweren weinroten Filzvorhang.

Plötzlich bekam Herr Masamori Angst. Wo war Andre? Er hatte ihn den ganzen Tag über noch nicht gesehen. Hoffentlich würde der große Samurai ihre Verabredung nicht vergessen. Er begann zu schwitzen, das Fieber kroch langsam in seine Knochen. Er musste sich am Tresen festhalten.

Endlich raschelte es hinter dem Vorhang, und ein uralter Mann am Stock trat hervor. Herr Masamori erkannte ihn gleich, und auch der Alte schien sich zu erinnern. Er verbeugte sich lange. »Masamori-san! Dass es dich noch gibt!« Er sah ihn prüfend an: »Wir sind beide alt geworden! Komm!«

Sie gingen ins Hinterzimmer und setzten sich auf den Futon, die junge Frau brachte Tee. Der alte Chinese beugte sich vor. Lange studierte er Herrn Masamoris Gesicht. Dann lehnte er sich zurück: »Du bist krank.« Er klang ernst.

Herr Masamori war jetzt ganz ruhig. Er erzählte Dr. Chi, was er wusste, und trug sein Anliegen vor.

Der »Fugu« hörte aufmerksam zu. Als Herr Masamori geendet hatte, sagte er ruhig: »Ich mache dir einen Vorschlag. Wir trinken jetzt beide still unseren Tee zusammen. Wenn du danach immer noch entschlossen bist, helfe ich dir.«

Herr Masamori verbeugte sich. Dann tranken die beiden Männer bedächtig ihren Tee. Mit jedem Schluck kamen Erinnerungen in ihm hoch: wie er seine Frau kennengelernt hatte, in einer Suppenküche in Shibuya, ihr Hochzeitskimono, der Tod seiner Eltern, wie er zum ersten Mal Akira in den Armen gehalten hatte, Herr Ogawas Hochzeit, der alte Ginkgobaum, Tekkas Geburt.

Bei seinem letzten Schluck Tee war er sich noch sicherer: Es war Zeit zu gehen.

Der alte Chinese nickte. Er verschwand, und als er zurückkam, hatte er ein kleines Säckchen dabei.

»Die Pille ist klein, aber sie wirkt sofort. Das musst du wissen.« Wieder verbeugten sie sich. Der Chinese nickte ihm zum Abschied zu. »Gute Reise, Masamori-san!«

Herr Ogawa wartete neben seinem Toyota. Er blickte ihn fragend an.

Während der Fahrt sprachen sie wenig. »Ich möchte, dass du die Katze nimmst«, sagte der alte Mann leise. »Und ich werde dir etwas für Akira, Tamiko und Tekka mitgeben.«

Herr Ogawa starrte auf die Wagen vor ihnen.

Schweigend fuhren sie zurück. Herr Masamori hatte das kleine Säckchen immer noch in seiner Faust. Alles würde gut werden.

Als er wenig später Herrn Ogawa das Bündel mit den Zôri und die Katze übergab, weinte dieser.

»Weine nicht. Wir kennen uns so lange. Ich danke dir für alles.« Ihre letzte Verbeugung wollte lange nicht enden. Irgendwann aber ging Ogawa-san. Tränen liefen über sein Gesicht, und er schloss eilig die Ladentür. Der Tag ging seinem Ende zu.

Der alte Mann zündete die Chôchin an. Dann packte er den Koffer und setzte sich aufs Bett. Bald würde er die Anwesenheit seiner Frau spüren. Und bald würde Andre kommen.

Es war heiß, und er war erschöpft. Er legte die Beine hoch und war bald eingenickt.

Als er Stunden später erwachte, war es dunkle Nacht. Die Laterne brannte noch und tauchte das kleine Zimmer in gedämpftes Licht.

Andre saß neben seinem Bett. Er lächelte ihm zu. Auch seine Frau war gekommen, das spürte er.

Er holte das Stück Tamagoyaki. Das kleine, viereckig geschnittene Omelett aß man zum Schluss. Es bedeutete das Ende eines Mahls, das Ende der Dinge.

Langsam aß er.

Dann holte er das Säckchen hervor. Andre blickte ihn sanft an. Der kleine Block lag neben ihm. »Florida. Orlando.« Herr Masamori nickte ihm zu.

Er spülte die Pille mit einem Glas Wasser herunter.

Dann schloss er die Augen und fiel zurück aufs Bett.

Das Leben endete hier. Die Reise begann.

KITAMAKURA
oder 49 Tage

Zum Glück saß sie am Fenster.
Ihr Vater hatte das Ticket so kurzfristig gebucht, dass sie bereits vier Stunden vor Abflug am Flughafen war, um nicht auf einem Mittelplatz sitzen zu müssen.

Die Businessclass war fast ausgebucht. Es wurden Nüsse und Wasser gereicht. Geistesabwesend fummelte sie die Socken aus der Plastikfolie. Von Los Angeles nach Narita Airport, Tokio, flog man etwa vierzehn Stunden.

Vierzehn elendig lange Stunden.

Ein Flug zurück in eine Welt, die sie vor acht Monaten sehr gerne verlassen hatte.

Acht Monate in Amerika. Naski war ganz und gar eingetaucht in diese neue, fremde Welt.

Sie war siebzehn, und nachdem sie ihren Vater zwei Jahre lang angebettelt hatte, durfte sie endlich zum Schüleraustausch nach Los Angeles.

Fast hatte sie nicht mehr daran geglaubt.

Shinzai, eine Cousine zweiten Grades ihres Vaters,

lebte in Los Angeles, und sie hatte versprechen müssen, Shinzai und ihren Mann einmal im Monat zu besuchen. Naski glaubte, dass die Cousine der Grund war, warum er sie gehen ließ. Die Mutter hatte ihren Kimono und die Zôri eingepackt und jede Menge grünen Tee und Mochi. Im Gegensatz zum Vater war sie noch nie außerhalb von Japan gewesen. Nachdem eine Austauschorganisation gefunden war, gab es bald eine Gastfamilie. Der Vater hatte Wert darauf gelegt, dass die Gasteltern wohlhabend waren und Naski eine Privatschule besuchen konnte.

Sie hatte sich ganz still verhalten. Bis zu ihrem Abflug vor über einem halben Jahr hatte sie Sorge gehabt, dass der Vater es sich in letzter Minute anders überlegen würde. Aber nichts dergleichen passierte.

Irgendwann hatte sie sich mit einer tiefen Verbeugung von den Eltern verabschiedet und einen kleinen Luftsprung gemacht, sobald sie außer Sichtweite war.

Die große Freiheit.

Bereits im Flieger fiel Japan von ihr ab. Sie trank ein Glas Rotwein in der Businessclass und schlief entspannt ein.

Naski liebte Los Angeles, noch bevor sie überhaupt einen Fuß auf den Boden des für sie so fremden Landes gesetzt hatte. Alles dort war golden. Das kalifornische Licht verzauberte alles.

Palmen, Meer, Strand, Moviestars, Hollywood, Surfer und gebräunte Beine unter kurzen Röcken.

So, wie es ihr Vater gewollt hatte, kam es auch. Naski besuchte eine private Highschool in Brentwood, Los Angeles, lebte bei den Shaws, ihrer Gastfamilie, und hätte ein Jahr bleiben sollen.

Jim, ihr Gastvater, war Inhaber einer Werbefirma, er fuhr einen 60er-Jahre-Sportwagen in Metallicblau und ging jedes Wochenende mit Derek, dem zwölfjährigen Sohn, surfen. Er hörte sehr laut Led Zeppelin und nannte sie »sweetie«. Wenn er lachte, blitzten seine Zähne weiß.

Anfangs hatte sie hinter vorgehaltener Hand gekichert, später lachte sie lauthals mit.

Jamie, seine Frau, hatte langes blondes Haar, trug fast nur Jeans, weite Hippieblusen und Flip-Flops. Sie war trotz ihrer fast sechsundvierzig Jahre wunderschön, fand Naski. Sie strahlte eine Wärme aus, die Naski nicht kannte. Oft nahm Jamie sie lachend in den Arm, und sie genoss Jamies warmen Geruch von Muffins, Vanille und Strand. Am Wochenende wachte sie zu Jims Musik auf, hörte Jamies warmes Lachen aus der Küche, und die Sonne fiel golden auf ihr Kissen.

Naski hatte sich nie zuvor in ihrem Leben so leicht gefühlt und war so abenteuerlustig gewesen.

Einmal im Monat zog sie den Kimono an. Und dann brachten Jim oder Jamie sie für ein Wochenende nach Sherman Oaks, zu den Oshis. Der Cousine zweiten Grades.

Dann hielt Naski wieder beim Lachen die Hand vor den Mund, es wurde sich verbeugt und grüner Tee getrunken. Frau Oshi kochte japanisch, und sie sprachen von Tokio.

Naski war jedes Mal froh, wenn die Shaws sie wieder abholten.

Japan war in kurzer Zeit sehr weit weg von ihr.

Amerika. Manchmal konnte Naski ihr Glück nicht

fassen. Sie liebte die zwanglose Welt dort, die nur aus Vornamen bestand, in der man spontan aß, was man wollte und wann man wollte, *Wendy's, Jack in the Box* und Frozen yogurt von *Pinkberrys*. Sie liebte die individuelle Mode, die die Mädchen ihres Alters dort trugen, die offenen Gespräche über Jungs, Musik und das kommende Wochenende. Sie hatte sich an Umarmungen und Wangenküsse gewöhnt, an mädchenhaftes, schrilles Begrüßen und »shit«, »fuck« und »awesome«.

Die Highschool war einfach. In den meisten Fächern war Naski ihren Klassenkameraden voraus. Sie hatte schnell Freundinnen gefunden. Susan aus ihrem Literaturclub, Shelly, mit der sie im Hockeyteam spielte, und Jane und Jill, mit denen sie zusammen in der Anatomieklasse eine Katze sezierte.

Und dann gab es noch Teddy. Ihren ersten richtigen Freund. Blonde Locken, blaue, freche Augen. Sie hatte ihn beim Lunch kennengelernt. Er hatte sich einfach an ihren Tisch gesetzt. »Hi! Are you new here? I'm Teddy.«

Von da an saß er jeden Tag neben ihr. Nach der Schule fuhr er sie in seinem Pick-up-Truck nach Hause. Er brachte sie zum Lachen. Seine Hände waren gebräunt. Er trug ausgelatschte Turnschuhe und Shorts.

Irgendwann gingen sie zusammen ins Kino. Bevor Teddy sie zum ersten Mal küsste, hatte sie seine Wärme neben sich so sehr gespürt, dass sie vor lauter Aufregung dem Film nicht folgen konnte. Seit dem Tag waren sie ein Paar. Naski und Teddy.

Teddy, der in der Schulband Gitarre spielte, der wunderbar lachte, sie betrunken Huckepack nahm, mit der größten Selbstverständlichkeit seine Finger durch ihr Haar gleiten ließ und ihren Bauchnabel streichelte, als gehörte er nur ihm.

Dann war alles so weit weg. Weit weg waren japanische Tradition, die tägliche Stille beim Essen, der Kimono am Wochenende, Tempelbesuche, die strengen Blicke des Vaters, das Gefühl, jeden Tag die Beste sein zu müssen, um auf eine Eliteuni gehen zu können, Sashimi und Mochi. Jetzt trank sie Kaffee, Fat free latte, aß Tacos und Burger und hatte einige Kilo zugenommen. Doch plötzlich war Tokio wieder ganz nah gerückt. War in ihre kalifornische Welt gestürzt wie ein gleißender Meteorit.

Naski weinte, als sie die E-Mail aus Tokio bekam. Der Großvater war gestorben, ihr Vater hatte ihr sofort ein Rückflugticket gebucht.

Sie weinte um den Großvater. Er war immer gut zu ihr gewesen, und als Kind hatte er mit ihr gemalt oder ihr vorgelesen. Aber die meisten Tränen vergoss sie, weil sie nicht zurückwollte nach Japan. Weil sie Angst hatte, dass sie nicht nach Los Angeles würde zurückkehren dürfen.

Der Vater hatte in seiner E-Mail erklärt, ihre Heimkehr sei auf unbestimmte Zeit.

Die Shaws waren betrübt und beunruhigt, als sie Naskis Tränen sahen. Sie ließen sie von der Schule beurlauben. Es war kaum Zeit, Abschied zu nehmen. Schon am nächsten Abend ging der Flieger. »Have a safe flight, sweetie! We'll see you soon!«

Tom Bradley International Terminal. Dort hatte Teddy gewartet. Auch beim Check-in hatte er ihre Hand nicht losgelassen. Er hatte sie geküsst und zärtlich in ihr Haar gegriffen.

»You'll be back soon«, hatte er geflüstert.

Naski trug das schlichte graue Kostüm. In genau diesem Kostüm war sie vor acht Monaten in Los Angeles angekommen. Jetzt passte es ihr fast nicht mehr.

Die Passagiere schoben sich durch den Mittelgang der Maschine. Matt ließ sie sich mittreiben. Der Platz neben ihr blieb frei.

Die Boeing hob schwerfällig ab. Naski blickte auf die Stadt hinunter. Jetzt wurden die Lichter immer kleiner, bald verschwanden sie hinter Nachtwolken, über denen noch das letzte Tageslicht als dünner orangeroter Streifen glühte.

Die Stewardessen brachten Getränke und Kopfhörer. Sie fühlte sich leer. Sie musste sich vorbereiten. Vorbereiten auf Japan. Auf die Rituale, Pflichten und die Stille. Wie ein Gebirge türmte sich der Gedanke vor ihr auf.

Sie dachte daran, dass der Großvater gestorben war, und schämte sich plötzlich. Sein Tod war bis jetzt nur der Grund für ihre Abreise gewesen. Was der Tod des Großvaters für sie bedeutete, war ihr bisher nicht in den Sinn gekommen. Traurigkeit überkam sie. Noch kurz vor ihrer Abreise nach Los Angeles hatte sie ihn zu einer Teezeremonie gesehen. Er hatte ihr eine gute Reise gewünscht. »Wenn du kannst«, hatte er gesagt, »flieg nach New York. Das ist eine beeindruckende Stadt!«

Sie stellte sich vor, wie es der Familie gehen musste. Der Großvater war an einem Herzinfarkt gestorben. Mit seinen zweiundsiebzig Jahren war er sehr beliebt und als Bankdirektor sehr umtriebig gewesen.

Es würde eine große Beerdigung werden.

Sie blickte sich um. Die meisten Passagiere waren

Japaner. Sie hörte sie leise Japanisch sprechen. Einige trugen einen Mundschutz.

Sie stellte die Lehne des Sitzes so weit wie möglich nach hinten und starrte an die Decke. Es war kalt. Aircondition.

Naski zog die Schuhe aus und setzte die Schlafbrille auf. Aber schlafen konnte sie nicht. In Gedanken war sie bei Teddy. Er fehlte ihr so sehr, dass ihr Magen schmerzte. Für die nächste Woche würde er ihr Geheimnis sein. Niemand würde sie nach Amerika fragen. Es würde nicht viel gesprochen werden. Man trauerte. Und wenn sie in Tokio ankam, würde nicht viel Zeit sein. Die Beerdigung dauerte drei Tage. Eine Feuerbestattung, wie es üblich war. Die Familie würde nach buddhistischem Ritual für das Weiterleben des Toten in einer anderen Welt beten.

Der Großvater war schon jetzt im Haus aufgebahrt. Gewaschen, mit dem Kopf nach Norden, an seinem Kopfende Kerzen, eine Schale Reis mit zwei Essstäbchen, ein Glas Wasser und weiße Blumen. Sein Gesicht würde mit einem weißen Tuch bedeckt sein. Sie würden Weihrauchstäbchen verbrennen und ihm ein Messer auf den Kopf legen, zum Schutz vor bösen Geistern.

Naski erinnerte sich an die Beerdigung ihrer Großmutter. Das war acht Jahre her. Naski war ein Kind gewesen und hatte sich vor dem Messer gefürchtet. Der Gedanke, dass es im Jenseits böse Geister gab, vor denen man sich mit einem Messer verteidigen musste, war ihr unheimlich gewesen.

Es war still im Flieger. Irgendwann nickte sie doch ein. Sie schlief tief und traumlos. Ein plötzliches Rucken weckte sie. Es war immer noch dunkel über

159

den Wolken. Das Anschnallzeichen leuchtete, und eine der Stewardessen war im Gang gefallen. Sie flogen durch ein Unwetter. Die Turbulenzen hielten an. Naski schnallte den Gurt enger. Flaschen und Becher rollten den Gang auf und ab. Sie war beunruhigt und versuchte ruhig zu atmen. Auch die meisten anderen Passagiere waren erwacht und schnallten sich besorgt an.

Dann das Luftloch. Die Maschine fiel. Abrupt. Alles, was sich zuvor sicher und fest angefühlt hatte, zerfiel für einige Sekunden zu Staub. Ihr Magen rutschte nach oben. Sie stieß einen spitzen Schrei aus. Hinter dem kleinen Fenster schwarzes Nichts. Angsterfülltes Kreischen. Tassen flogen, Flaschen klirrten, einige Gepäckfächer öffneten sich, und Taschen wurden in den Gang geschleudert.

Irgendwo zwischen ihren Träumen von Los Angeles und Japan würde sie im Nichts verschwinden. Bilder schossen ihr durch den Kopf: Teddys Lächeln, Jamie, die Muffins reichte, ihre Mutter im Kimono, der Vater, Tee trinkend, ihr Haus in Tokio, dampfende Misosuppe aus ihrer Lieblingsschale, der Duft von Ramen. Naski presste ihre Lider zusammen. Ihre Hände waren zu Fäusten verkrampft, Schweiß rann ihr den Hals hinunter.

Dann war plötzlich alles vorbei. Als wäre nichts gewesen, fand die Boeing ihren Halt wieder, die Lichter gingen an, und es war still. Wie die Ruhe nach einem Erdbeben.

Sie atmete tief ein. Ihre Fäuste entspannten sich. Sie begann hemmungslos zu weinen. Irgendwann war da eine Stewardess mit aufgelöstem Haar. Sie rieb ihr sanft den Rücken. »Alles in Ordnung, Miss.«

Der Kapitän sprach beruhigende Worte über den Lautsprecher. Sie fühlte sich wie in einem Nebel. Kaum nahm sie Bewegungen oder Gespräche jenseits ihres Sitzes wahr.

Langsam beruhigte sie sich. Sie lehnte sich zurück und schloss die Augen.

Naski erwachte erst bei der Landung. Es schien ihr, als wären zehn Jahre vergangen, seit sie in Los Angeles abgeflogen war. Viel zu früh erwartete Japan sie da draußen. Viel zu früh. Unendlich langsam packte sie ihre Sachen zusammen, zog die Schuhe an und holte ihr Handgepäck aus dem Fach über ihrem Sitz. Kein klarer Gedanke wollte sich fassen lassen. Hunderte von Passagieren schoben sich erschöpft an ihrem Sitz vorbei zum Ausgang.

Sie verließ das Flugzeug als Letzte.

Der Weg zum Gepäckband war viel zu kurz. Japan. Japanische Werbung, Gesprächsfetzen, schwarzes, glänzendes Haar überall.

Ihr Blick war leer, der Magen schmerzte. Vielleicht weil sie nichts gegessen hatte, vielleicht wegen des Luftlochs. Diesem kleinen, sekundenlangen Tod. Es war, als hätte etwas das Leben aus ihr gesaugt.

Am Gepäckband drängten sich die Menschen.

Ihr Koffer kam gleich als Dritter.

Bevor sie in die Ankunftshalle trat, benutzte sie die Toilette. Als sie sich beim Händewaschen im Spiegel betrachtete, kam sie sich fremd vor, fremder als je zuvor. Ein blasses, japanisches Mädchen im grauen, konservativen Kostüm.

Sie sah ihre Mutter sofort. Trotz Hunderter wartender Menschen blickte sie ihr in der Ankunftshalle gleich direkt in die Augen. Sogar der Vater war gekommen.

Man verbeugte sich tief. Die Eltern sahen alt aus. Beide trugen einen schwarzen Kimono, und ihre Trauer war nicht zu übersehen. Fast hätte sie die Mutter umarmt.

Stattdessen verbeugte sie sich.

Sie sprachen kaum auf der Fahrt in die Stadt. Tokio war grau. Nur die unzähligen Werbetafeln leuchteten bunt und aufdringlich.

Für einen Moment versuchte Naski sich ihre Eltern in Los Angeles vorzustellen.

Die Mutter mit losem Haar und Sommerkleid, den Vater in Hawaiishorts mit Badelatschen. Ihre Eltern waren nicht älter als Jim und Jamie. Vielleicht würde Jamies Wärme sie zu einem Lächeln verführen.

Ein seltsamer Gedanke.

»Wie war der Flug?« Die Mutter flüsterte fast.

»Gut. Ich habe viel geschlafen.«

Ihr Zimmer war unberührt.

Alles war exakt so, wie sie es vor acht Monaten verlassen hatte.

Sie musste sich umziehen und frisch machen.

Es waren viele Verwandte und Freunde da. Der Priester würde mit allen gemeinsam beten und dem Toten seinen neuen Namen für das Jenseits geben.

Dann würden sie ins Krematorium fahren. Der dritte Tag der Beerdigungszeremonie war angebrochen.

Sie würde den Großvater nicht mehr sehen. Nur sein verhülltes Gesicht, mit dem Messer auf dem Kopf.

Kurz hatte sie Tante und Onkel begrüßt und ihren Cousinen Hallo gesagt.

Dann hatte sie sich in die Stille ihres kleinen Zimmers zurückgezogen. Sie zog die Schuhe aus und setzte sich aufs Bett. Die Mutter hatte ihren Kimono herausgelegt. Für einen Moment schloss sie die Augen. Gerne hätte sie jetzt Teddys Stimme gehört. Aber es blieb keine Zeit, ihn anzurufen.

Ihre Mutter trat leise ins Zimmer. Sie sah fast durchsichtig aus. Ihr Haar war zurückgebunden und zu einem Knoten gesteckt.

Naski nickte ihr zu.

Die Mutter half ihr, den Kimono zu binden.

»Hattest du eine schöne Zeit?« Sie sah Naski nicht an.

»Ja. Sehr.« Sie deutete eine Verbeugung an. Sie überlegte kurz. Aber der Moment war bereits wieder vorbei. Nur ein kleines Gefühl von wehmütigem Glück blieb.

Sie war froh, dass ihre Mutter gefragt hatte.

Nach den Gebeten aßen sie Suppe und Gyôza, die die Tanten mitgebracht hatten. Dann fuhren die engsten Familienangehörigen mit ins Krematorium.

Während der Leichnam ihres Großvaters eingeäschert wurde, standen alle im Warteraum.

Man versuchte, über andere Dinge zu sprechen.

Naski verhielt sich still. Ihre Seele war noch nicht angekommen.

Ihr iPhone vibrierte unter ihrem Kimono. Eilig entschuldigte sie sich auf die Toilette.

»Sweetie, I hope you get this? I miss you like crazy! Come back soon. Xo Teddy.«

Sie weinte vor Glück. Am liebsten hätte sie ihn gleich von der Toilette des Krematoriums angerufen.

Nachdem man ihrem Vater die Urne überreicht hatte, fuhren sie wieder nach Hause. Die Mutter hielt die Urne auf dem Schoß.

Nach Hause, dachte sie.

Zu Hause, das war das mondäne Haus wenige Minuten von Ginza, mit Wänden aus Reispapier, in dem man im Eingangsbereich die Schuhe gegen Pantoffeln tauschte, in dem es kühl und still war.

Naskis Augen brannten. Sie machte sich einen Tee und schloss den Laptop an.

Jamie hatte bereits gemailt. In acht Tagen hatte Derek Geburtstag. Sie solle schnell zurückkommen. Jamie wollte mit ihr zusammen süße Mochi machen.

Naski lächelte.

Es klopfte sanft. Ihr Vater trat ein.

»Wahrscheinlich willst du gerne bald zurückfliegen.« Er sprach leise.

Ihr wurde heiß. Ja! Jaa! Morgen! Übermorgen?, schrie ihr Innerstes.

Ihr Vater setzte sich und fuhr fort: »Ich möchte dich bitten, die Kitamakura einzuhalten. Dann kannst du zurückfliegen.« Er räusperte sich. Dann ging er.

Kitamakura. Daran hatte sie nicht gedacht.

Das bedeutete neunundvierzig Tage trauern. Man durfte an keinem Fest teilnehmen. Während dieser Zeit blieb die Kotsutsubo, die Urne, auf dem Altar im Haus stehen. Danach wurde sie in die Erde gelegt. Der Verstorbene erwacht neunundvierzig Tage nach seinem Tod in einem neuen Leben, in neuer Gestalt.

Sie weinte. Neunundvierzig Tage.

Das waren sieben Wochen.

Sie würde Teddy eine halbe Ewigkeit nicht sehen, Dereks Geburtstag und den Unterricht verpassen.

Japan würde wieder Besitz von ihr ergreifen.

Auf ein Blatt Papier malte sie neunundvierzig Kästchen.

Morgen würde sie eines davon durchstreichen.

INHALT

一 Götterwinde 7

二 Nabemono
oder Der Eintopf 25

三 Viele Götter 35

四 Das Monster 41

五 Kore wa nan desu ka?
oder »Was ist das?« 47

六 Kyôiku-Mama 61

七 Welcome Home, Master! 73

八 Das schwedische Haar 97

九 Tamago 117

十 Kitamakura
oder 49 Tage 153

PIPER

Ferdinand von Schirach
Schuld

Stories. 208 Seiten. Gebunden

Ein Mann bekommt zu Weihnachten statt Gefängnis neue
Zähne. Ein Junge wird im Namen der Illuminaten fast zu
Tode gefoltert. Die neun Biedermänner einer Blaskapelle zerstören das Leben eines Mädchens und keiner von ihnen
muss dafür büßen ... Neue Fälle aus der Praxis des Strafver-
teidigers von Schirach – die der Autor von Schirach in
große Literatur verwandelt hat. Mit bohrender Intensität und
in seiner unvergleichlichen lyrisch-knappen Sprache stellt
er leise, aber bestimmt die Frage nach Gut und Böse, Schuld
und Unschuld und nach der moralischen Verantwortung
eines jeden Einzelnen von uns.

01/1887/01/L